五色沼

高見沢功

歴史春秋社

五色沼湖沼群

撮影　岡田 剛氏

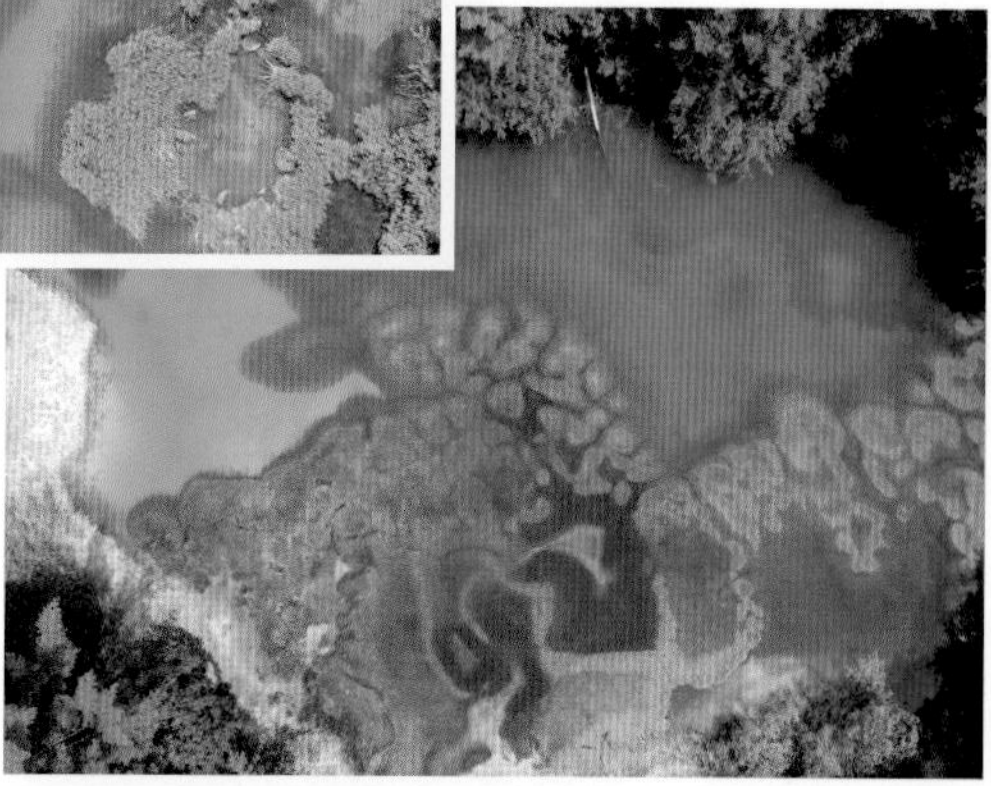

目次

瑠璃沼

一　旅館……8
二　風呂……18
三　夕飯……25
四　畳……32
五　朝飯……35
六　地下足袋……42
七　毘沙門沼……46
八　憲兵上等兵……52
九　結婚……58
十　出産……62
十一　陸軍看護婦……70

十二　質屋……76
十三　戦死……79
十四　憲兵少尉……84
十五　桐の箱……88
十六　瑠璃沼……96
十七　勘定……104
参考文献　110

竜沼

一　バス停留所……112
二　旅館……117
三　袈裟平……121

四　昼飯……125
五　熊撃ち……129
六　嘘……132
七　産婆……145
八　年譜……150
参考文献　159

青沼

一　宴会予約……162
二　下見……164
三　敗戦……172
四　『シベリヤ抑留記』入営……178

五　朝　飯……188
六　大阪教育隊……193
七　東京教育隊……197
八　関東軍特種情報隊……205
九　青　沼……211
十　ラーゲリ……215
十一　昼　飯……220
十二　犠牲者……223
十三　別　れ……229
十四　大隊本部……231
十五　アルタイスカヤ収容所　バルナウル収容所……234
十六　ハバロフスク収容所第二分所……237
十七　人数変更……240
十八　未決監獄……245
十九　ハバロフスク収容所第六分所……251

二十　準　備……255
二十一　ハバロフスク収容所第二十一分所……257
二十二　ダモイ……264
二十三　帰還船……268
二十四　戦友会……273
二十五　乗船者名簿……285
二十六　入　港……293
二十七　帰　郷……296
二十八　宴　会……299
二十九　四人だけの戦友会……304
三十　返　信……308

参考文献　316

後書き　317

これらの作品はフィクションです。

瑠璃沼

一　旅館

「ごめんください……」

　秋冷漂う高原の、季節外れの旅館の玄関に、年配の婦人が立っていた。利休鼠の上着ときっちりアイロンがけされたズボン。左肩に黒革の鞄を懸《か》け、右手には焦茶《こげちゃ》の旅行鞄。角張った上着の大きな丸い釦《ぼたん》を四個ともきっちりと掛け、生成りのシャツの襟元も釦掛《ぼたんが》けした堅い身嗜《みだしな》みは、女学校の校長や舎監《しゃかん》を想像させた。

「あ、これはとんだ失礼を……全く気が付きませんで……」

　算盤《そろばん》を置いて出納簿を閉じると、高澤誠《たかざわまこと》は文机《ふづくえ》に両手を突きながら立ち上がった。暖簾《のれん》を潜って帳場を出る。上がり框《かまち》から降りながら、雪駄《せった》を突っ掛けた。五十路《いそじ》半ばと思われる白髪混じりの婦人は、三和土《たたき》に立った五尺三寸の誠と同じ背丈だった。背筋をピンと伸ばした姿勢の良さが、その性格まで顕《あらわ》しているようだ。

「私一人なのでございますが、今晩こちらに厄介になることはできますでしょうか……」

「ええ、ええ、ええ……もちろんでございます。ご覧の通り、紅葉《こうよう》の時季も終わりまして、雪囲い前の閑古鳥《かんこどり》が鳴いている状態でして。お部屋は全て空いておりますが……」

婦人の丁寧な物言いに、誠の返事も自然と改まり、偽りもなかった。

「では、今晩一泊だけお願いいいたします」

「はい、かしこまりました。ただ、ご夕食の方が今からですと、大したものはお出しできないのですが、それでもよろしゅうございますか？」

たった一人の板前を、先週末を最後に来春《らいはる》まで暇を出したとは言えず、誠は婦人の旅行鞄を受け取ると、上がるように促した。


「それで結構でございます。元々贅沢には慣れておりませんので……」

上がり框に上がって、茶色の革靴の向きを直す婦人の言葉に嘘はなさそうで、誠はほっとした。この時期、一見客《いちげんきゃく》の食事を作るのは誠の仕事で、それを給仕するのは、妻の菊乃の仕事だった。旅館の従業員は誠夫婦しかいなかった。

旅行鞄を置いた誠は、帳場入り口の棚から部屋割り表を一枚取ると、婦人へ渡しながら説明を始めた。

「一階は宴会場で、手前から広い順に湖の名前が付いております」

部屋割りの一階部分には、「檜原湖《ひばらこ》」「秋元湖《あきもとこ》」「小野川湖《おのがわこ》」の部屋名と畳数《じょうすう》とが記されていた。そこまで話した時、誠はこのお客様には宴会場の説明は余計だったと気付き、慌てて客室部分を指差した。

「客室は二階になっておりまして、全てが和室でございます。どの部屋にも五色沼《ごしきぬま》の名前が付けられていまして……」

部屋割り表の二階部分には「毘沙門沼《びしゃもんぬま》」「赤沼《あかぬま》」「深泥沼《みどろぬま》」「竜沼《たつぬま》」「弁天沼《べんてんぬま》」「瑠璃沼《るりぬま》」「青沼《あおぬま》」「柳沼《やなぎぬま》」という八部屋の名前と畳数が記されていた。

「あら……五色沼というのは五つではないのですか?」

「はい。皆さん、よくそう仰《おっしゃ》るのですが、五色沼というのは様々な色彩の、幾多の沼の総称なのでございます」

「ちっとも存じ上げませんで。勉強不足も甚だしいですね……」

婦人の言葉の端々に、教養の高さが滲み出ていた。

「いえいえ。ほとんどのお客様がそう思われているみたいですよ」

誠は、婦人の控えめな態度に好感を抱いて、さらに説明を続けた。

「客室はどの部屋からも、眼下に毘沙門沼が見えまして。沼の向こうの松林越しに、磐梯山《ばんだいさん》の爆裂口も望めるようになっております」

「そうですか。それは楽しみです……」

「繁忙期ですと部屋の造りや広さによって、お一人当たりのお代金が違うんでございますが。如何《いかん》せん、この時期でございますから、どの部屋でも一律のお代金で提供させていただき……」

「瑠璃沼でお願いいたします」

意外だった。誠は精一杯便宜を図ったつもりだったが、はっきりと部屋を指定された。しかも毘沙門沼や弁天沼などよりも狭い部屋を……

「はあ。あ、あの、当館では毘沙門の間《ま》が二間《ふたま》続きで一番広く、見晴しもよく、造作にも凝っておりまして。先程も申した通り、お代の方は……」

誠は、料金はどの部屋でも変わらないということが伝わらなかったと思い、繰り返そうとした。

「ご好意はありがたいのですが、瑠璃沼という部屋に泊まってみたいと思いまして……」

「左様でございますか。それでは一泊二食で三千八百円頂戴いたします。入湯税と奉仕料を含んでのお代でございますが」

「結構でございます。今晩はお世話になりますが、よろしくお願いいたします」

肩掛け鞄から財布を取り出そうとする婦人を、誠は両手の掌で制した。

「あ、お代はお発ちになる時にいただきますから」

通常は一見の客は前払いでお願いするのだが、誠は婦人を常連客と同じ後払いにした。


「ささ、どうぞこちらへ」

誠は旅行鞄を持つと、二階へと婦人を案内した。二階廊下の左側には、学舎《まなびや》のように杉皮付き、片流れの廂《ひさし》が並んでいる。右側の窓からは、薄《すすき》や雄羊歯《おしだ》に覆われた山肌の所々に、凝灰岩《ぎょうかいがん》が埋もれているのが見えた。

和紙に草書で「瑠璃沼」と書かれた灯籠の下へ、誠は鞄を置いた。格子戸を開けて、婦人を招き入れる。

「こちらが瑠璃の間でございます」

玉石を埋め込んだ一坪の敲《たた》きで、草履《ぞうり》を脱ぎながら襖を開けた。

「どうぞお入りください」

敲きから続く和室八畳の奥、雪見障子《ゆきみしょうじ》が傾きかけた秋の夕日を優しく濾《こ》して、座卓のある部屋を橙《だいだい》に染めていた。

誠は開きの洋服箪笥《ようふくだんす》の前に旅行鞄を置くと、雪見障子を開け放った。舞台の照明が一瞬にして変わるように、突然、目の前に深く青い沼が視界一杯に拡がった。沼の対岸には黒橡《くろつるばみ》の巨石が積み重なっていて、その上に蔦漆《つたうるし》が絡み付いた赤松《あかまつ》や水楢《みずなら》、岳樺《だけかんば》の高木が密生している。

樹林帯の彼方に、荒々しく山肌を抉り取られた磐梯山の爆裂口が、剥き出しになっていた。落日を受けた赤銅色の岩壁は、火山が負った大きな傷跡のようだった。

抉られた傷跡の上部は、緩やかな尾根になっている。大空との境を示すように、なだらかな稜線が描かれていた。稜線は右から左へと、猫魔ヶ岳《ねこまがたけ》から磐梯山へと延び、さらに櫛ヶ峰《くしがみね》へと続いている。空とは一線を画す明瞭な山の背が、落葉林の裾野をゆったりと引き摺っていた。

男性的でありながらも、穏やかな山容だった。

「……」

婦人は言葉を失った。雄大な火山の岩壁に、痛々しい爆発跡がくっきりと刻まれて、常緑樹の樹海に浮かんでいる。高い青空のもと、山裾に横たわる緑の海原。見渡す限りの赤松は、緑《ろく》青色《しょういろ》の広い沼の奥、彼方まで続いていた。

「……これが裏磐梯《うらばんだい》ですか」

「はい。左様で。明治二十一年、磐梯山の爆発の際、長瀬川《ながせがわ》が土石流に堰き止められて、三、四ヶ月の後に湖や沼が誕生しました。湖や沼は大小合わせて三〇〇になります」

「沼や湖は六十八年前に一斉に誕生したわけですね……」

「はい。この毘沙門沼だけでなく、他の五色沼も檜原湖も秋元湖も小野川湖も、明治二十一年の秋以前は、存在しなかったということになります」

これまで何十回となく繰り返してきた誠の説明には、澱みがなかった。

「そうだったんですか……」

「はい」

「……」

二人は目を合わせることもなく、毘沙門沼を見下ろしたまま黙り込んだ。

——チーチー……

細い啼き声が聞こえて、体長の割に嘴《くちばし》の長い翡翠色《ひすいいろ》の野鳥が、沼の水面《みなも》近くを飛んでいった。

「毘沙門沼は六十八歳……」

「はい。私の親父は明治十七年生まれで、毘沙門沼は親父より四つも年下ということになりますから、何《なん》とも不思議な気がいたしまして」

「お父上はご健在で？」

「二年前の冬に亡くなりました。脳卒中《のうそっちゅう》で」

「それは、それは……失礼いたしました。こちらの方だったのでしょうか……」

「いえ。信州《しんしゅう》の野辺山《のべやま》という標高が高くて、一際寒い小さな村で暮らしておりました」

「小海線《こうみせん》の野辺山駅は、日本一標高の高い駅だそうですね……」

「ええ。よくご存知で」

誠の顔が一瞬輝いた。

「標高一、三四五メートルですから、磐梯山の左側の、あの櫛ヶ峰より少し低いだけの土地です。真冬には零下二十度まで下がり、子供の頃は、朝、目が覚めると、掻巻《かいまき》の襟が自分の息で凍っておりました」

「そんなに厳しい寒さなんですか……」

「いやあ、寒過ぎて、米も碌《ろく》すっぽ穫れない、野《の》っ原《ぱら》だけの寒村でして。近頃は蔬菜《そさい》で少しばかりいいようですが」

「ご多分に漏れず、農家はどこも苦労ばっかり……」

「そうなんです。ここも雪深くて寒くて、いい米が穫れない点は信州に似ていまして」

「住めば都、というのは嘘なのでしょうか……」

「さあ、それは何とも。私共も裏磐梯に移って来て、まだ一年半しか経っていないものですから。これから先、私らの人生、どうなるものやら」

「……」


話が途切れて、静かな時が流れた。

傾いていた太陽が、松林の上から最後の光を放つと、毘沙門沼は周囲の薄《すすき》を金色《こんじき》に光らせ、自らを煌めかせた。キラキラと光り輝く水面が、風の方向を示している。神々しい風景。

冷え込んだ空気に、婦人が両腕を抱えた。

「これは、これは。とんだ長居をしてしまいまして。すぐに女中に、女中といっても私の家内でございますが、宿帳とお茶を持ってこさせますので」

誠は、急いで部屋の隅の石油ストーブに火を点けると、天井からぶら下がった電球を灯した。

「それでは、どうぞごゆるりと」

「ありがとうございます」

誠が部屋を出ると、婦人は窓辺に寄った。沈みゆく太陽が、婦人の顔を柿色《かきいろ》に染める。婦人は沼に向かって囁いた。

「瑠璃《るり》……」

二　風呂

「お邪魔いたします」

襖の陰から女の声が聞こえて、襖が開けられた。割烹着姿の膨《ふく》よかな三十路《みそじ》の女が、両手を突いてお辞儀をする。脇に魔法瓶と茶櫃《ちゃびつ》が置かれていた。

「女中の髙澤菊乃《きくの》と申します。誠の家内でございます」

「菅野富《かんのとみ》です。突然ですが、今宵は厄介になります」

座布団からずれると、富も頭を下げた。

「あ、どうぞそのままで。何のおもてなしもできませんが、どうぞごゆっくりなさってください。早速ですが、こちらにご記帳をお願いいたします」

菊乃は座卓の上に宿帳を差し出すと、茶を淹れ始めた。

「紅葉《こうよう》も終わってしまいまして、ここら辺りは先週ぐらいから、ひっそりとしてしまいました」

「私にはこの静けさが何とも心地よくて。ご商売をなさっている方には、失礼な話なんでしょうけど……」

富は宿帳に添えられた鉛筆ではなく、自分の万年筆で記帳をした。太い舶来の男物の万年筆だった。宿帳を菊乃に返して寄越す。

――福島県《ふくしまけん》伊達《だて》郡《ぐん》川俣町《かわまたまち》字《あざ》千枚田《せんまいだ》八十七番地　菅野　富――

達筆だった。滲みも掠れもない群青色《ぐんじょういろ》の流れるような行書文字からは、卓越した書道の腕が見て取れた。

「川俣というと絹織物の町ですか?」

菊乃が川俣町について知っていたのは、それだけだった。

「それも昔の話でして。戦争が始まると羽二重《はぶたえ》は輸出できなくなり、国内でも奢侈品禁止令《しゃしひんきんしれい》が出てからというもの、絹織物はすっかり寂《さび》れてしまいました」

「私らには元々手が出せない高級品でしたが」

「繭だけでなく、工場の電気も制限されて、絹織物の生産は困難になりました。戦後十一年経って、この頃ようやく少しばかり上向いてきたようですが……」

富の言葉は、絹織物の関係者の話のように聞こえた。

「戦争というのは、田舎の大事な仕事さえ、駄目にしてしまうんですねえ」

「……でも、工場で働いていた女工さん達にとっては、良かったのかもしれません……」

「どうしてですか？」

何故、戦争が女工達にとって良かったのか、菊乃には解らなかった。

「製糸工場での女工さん達の労働は、それはそれは過酷なものでした。『ああ野麦峠《のむぎとうげ》』のような女工哀史は、東北や信越ではどこにでもあった話です。ああいった女工さん達の犠牲の上に立って、国は外貨を稼ぎ、製糸工場の経営者と家族は、大層裕福に暮らせたのです。しかし、これからはもう、女工さん達が国や経営者の犠牲になることはありません……」

「そうですか。私には難しい話はよく解りませんけれども」

菊乃は、富の知識の豊かさに驚かされた。庶民とは違う匂いがした。


「失礼いたします」

誠が一声かけて、襖を開けた。

「もしよろしければ、お食事の前にお風呂の支度ができましたが。もっとも風呂といいましても、大浴場ではなく、狭い家庭風呂でございまして。元々が温泉ではなく、沸かし湯なんですが」

恐縮しながら告げる誠に、富は丁寧に答えた。

「ありがとうございます。では、お食事の前に、お風呂をいただくことにします」

「風呂場は一階廊下の突き当たり、右手にございます。電気が点いておりますので」

富が立ち上がって洋服箪笥を開いたのを機に、誠は宿帳を持って、部屋を出た。菊乃が両手を突いてお辞儀をすると、襖を閉めた。

裸電球に照らされた一坪程の湯船は、檜《ひのき》の香りがした。富は湯船の縁《へり》を枕にして、手足を伸ばした。目を閉じる。視界が失せて、音が冴えた。ヒューという風の音に混じって、シャラシャラと枯葉の擦れる音がする。ゴロゴロホッホ、ホッホーと啼くのは梟《ふくろう》だろう。キョキョキョキョキョというのは、夜鷹《よたか》だろうか。森の響きは、生命の息吹を伝えているようで、富は、獣《けもの》の声が聞こえはしないかと、耳を澄ました。

「母《かあ》ちゃん……」

若い娘が囁いた。富は、獣の啼く声を聞き間違えたのだと思って、山の音に聞き入った。澄ました耳の奥で、ゴォン、ゴォン、ゴォンという何かが回転するような音がした。自然界の音ではなかった。

「逃げな……」

間違えようがなかった。ヴォッ、ヴォッ、ヴォッ、ヴォーッ……ヴォッ、ヴォッ、ヴォーッ……不気味に空襲を伝える警戒警報が鳴り響いた。

ゴォン、ゴォン、ゴォン……真っ暗な高空から、編隊で飛行する大型機の発動機の音が聞こえてくる。

ヒューヒューヒューヒューン！　落下物の風を切る音。ウウー、ウウー、ウウー！　けたたましいサイレンの咆哮。ドカーンッ！　ドカーンッ！　ドカーンッ！　地響きと同時に耳を劈《つんざ》かんばかりの爆発。キャー、キャー、キャー！　カンカンカンカンカンカン！　ギャーッ、ギエーッ……人々の悲鳴と狂ったように打ち鳴らされる早鐘《はやがね》。

「母ちゃん、早く逃げな。ワタシのことは放《ほ》っといていいから……」

ゴォーッという火焔が木造家屋から吹き出す音。カンカンカンカ……早鐘が止んだ。逃げろーッ！　逃げろーッ！　早く逃げ……怒鳴り声が途絶えた。

ゴォン、ゴォン、ゴォン。空の要塞と呼ばれる、発動機を四発も着けた大きな爆撃機。メラメラメラと家々の燃える音がする。ガラガラ、グシャーンッ。燃え盛る家屋が倒壊した。茅葺《かやぶ》き屋根が無数の火の粉を噴き上げた。杉《すぎ》の野地板《のじいた》が、欅《けやき》の柱が、襖《ふすま》が、障子《しょうじ》が、箪笥《たんす》が、燃えて、崩れて、焦げて臭ってきた。


「母ちゃん、ワタシを置いて、早く一人で逃げな！」

瑠璃《るり》が、不自由な両足を引き摺りながら、正座している富のもんぺを摑んできた。

「母ちゃんはいいんだ。瑠璃と一緒にここにいるんだ」

「死んじまうよォ！　ここにいたら、焼け死んじまうよォ！　いいから、早く逃げな！」

瑠璃は、富を揺さ振りながら、必死に叫んだ。

「娘をおっ放《ぽ》って、自分一人だけ助かろうなんて母親は、日本中どこ捜したっていやしないよ」

富は動じなかった。覚悟を決めると、落下してくる焼夷弾の爆発音や振動は、一尺玉の大きな花火のように思われて、恐怖ではなくなった。ヒューヒューという風切り音は、祭りの横笛のようだった。ズズーンという炸裂音は、太鼓の響きに似ていた。遠くに聞こえる人々の悲鳴も、何故か盆踊りの喧騒に聞こえた。

「母ちゃん……」

「いいんだ、いいんだ。母ちゃんだけ助かったって、一生後悔することになるんだから。これでいいんだ」

「母ちゃん……」

瑠璃が洟を啜《すす》ると、富の膝に崩れてきた。細い肩が打ち震えている。

焼夷弾の紅蓮の炎は、数軒後ろの庄屋の家の、大きな池で、行く手を阻まれていた。

三　夕　飯

富が風呂から出て部屋に戻ると、蒲団が敷いてあった。座卓の上に五品ばかりの夕飯《ゆうめし》が並んでいる。

菊乃が飯を装いながら話しかけてきた。

「どうでした、湯加減は」

「少し微温《ぬる》めで、私にはちょうどよくて。あまりの気持ちよさに長湯をしてしまいました」

「それはようございました。何せ夕飯もここでとれた山や湖の物しかありませんで」

「地《ぢ》の物を戴けるのが何よりです」

「飯櫃《めしびつ》はこのまま置いてまいりますので、お代わりはご自由になさってください」

「ありがとうございます……」

菊乃が退出すると、富は旅行鞄から和紙の包みを取り出した。額の前に掲げて、一礼をする。

和紙を開くと、重ねられた小振りの仏膳椀《ぶつぜんわん》と短い塗り箸が出てきた。五個の朱の漆塗りには、金で一個一個違った蒔絵《まきえ》が描かれている。五種類の細密な鳥の絵——鶴《つる》、鶯《うぐいす》、雉子《きじ》、鴨《かも》、大瑠《おおる》璃《り》……どの鳥も親鳥の側で、雛達が戯れている。

富は、小さな五つの椀に、自分の分から少しずつ夕飯を装った。高坏《たかつき》には漬け茄子《なす》、平椀《ひらわん》には滑子《なめこ》おろし、壷椀《つぼわん》には自然薯《じねんじょ》の千六本、汁椀《しるわん》に舞茸《まいたけ》の吸い物を少量移すと、親椀《おやわん》に一口分の飯を装った。それは儀式のようでもあり、ままごとのようでもあった。

富の夕飯としては、さらに赤腹《あかはら》の甘露煮《かんろに》と川海老《かわえび》の掻き揚げが付いていた。富は、自分の夕飯と陰膳《かげぜん》を向かい合わせると、頭を下げて箸を取った。

「……いいなぁ、とみちゃんは。まいにちまいにちうまいもん、はらいっぱいくえて」

女工見習いとして、十一歳で菅野家にやって来た寿美《すみ》の呟きが、板場《いたば》から聞こえてきた。富と同い年の寿美だったが、その境遇は天と地ほどにも開きがあった。来春には尋常小学校を終えて、県内初の高等女学校へ入学する富と、農家である実家の借金八百円の代わりに、菅野家で五年の間住み込みで働くことになった寿美——

逆境はその家に生まれ付いた時から、否応無しに身に纏《まと》わり付いているものであって、そこから抜け出すことは中々に難しいが、苦境は個人の努力によって乗り切ることができるものである……お前がこれから困難に直面するとすれば、それらは遍《あまね》く苦境であって逆境ではないのだから、決して解決を諦めてはならぬ……

帝国大学を卒業した父、萬治郎《まんじろう》の話は、富には難し過ぎて理解に苦しんだが、言わんとするところは、大方見当がついた。

畳の上で、膳に置かれた白米を喰う富と、土間から続く板場で、盛切りの玄米《げんまい》を喰う寿美。鯉《こい》の旨煮《うまに》や舞茸の天麩羅《てんぷら》を喰う富に対して、田螺汁《たにしじる》だけでそそくさと夕餉を済ます寿美。富が林檎《りんご》など季節の水菓子《みずがし》を喰っている間に、寿美は井戸へ水を汲みに行き、桶の中で食器を洗い、竈《かまど》近くの土間の灰を掃き清めた。

量り売りで求めた一升瓶の牛乳を、父から空になった汁碗に注いでもらいながら、富は、この違いはどこからくるのだろうと思った。

「……いいなぁ、まいにちまいにちうまいもん、くえて。オラも、はらいっぱい、うまいもんくってみてェ」

寿美の正直な言葉が、富の耳の奥で渦巻いていた。それは日増しに大きくなっていった。

数日後……

三畳の部屋で、他の二人の使用人と寝起きしながら、牛馬のように懸命に働く寿美を見て、富はあることを思いついた。

夜更け。萬治郎や母・房《ふさ》、姉や兄達が眠りについたのを見計らって、富は四畳半の自分の部屋を出た。月明かりの下、台所へ行くと、飯櫃に残っていた米で梅の握り飯を三つ拵えた。残り物の天麩羅や鮭の皿も一緒に盆に載せると、足音を忍ばせて北側の使用人部屋へ向かう。襖の前の廊下に盆を置くと、注意しながら、右拳《みぎこぶし》で襖の縁《へり》を叩いた。

中の寝息が止んで、布団の衣擦れがしたのを確かめると、用心深くその場を離れた。

翌朝、朝飯の時間に、寿美が富にご飯のお代わりを運んできた盆は、昨夜握り飯を載せていたものだった。寿美は富の目を見ると、微かな笑みを浮かべて頷いた。富も頷き返す。

この儀式は、一ヶ月もの間、家人に知られることなく富と寿美と二人の使用人の四人だけの秘密として実行された。それが発覚したのは、萬治郎が貴族院議員の娘の祝言に呼ばれてしたたかに酒を呑み、馬車で送り届けられた晩のことだった。

泥酔して倒れ込むように寝入ったものの、夜中に渇きを覚えた萬治郎は、水を飲みに行った台所で、不思議な光景を見た。

月明かりだけの暗い板場で、正座しながら背中を丸めて握り飯を作っていたのは、尋常小学校に通う富だった――

萬治郎はその訳を問い質した。富は腹が減ったのだという。そんなはずはない。富の膝の前の盆には、既に二個の握り飯が載せられ、富は三個目を握っていたのだ。しかし、富は腹が減ったから自分が喰うのだという一点張りだった。

萬治郎は富に告げた。

「お前の行いは世間から見れば、慈悲深いと映るのかもしれぬ。しかし、雇い主と使用人の立場を逆転させ、自らを窮地に追い込むやもしれぬ。製糸工場の経営者の娘と、借金を背負《せお》った女工見習いとでは、その立場が違うのは当たり前のことなのだ。出自や境遇は変えることができないのだ」

「……」

余り物を、腹を空かした者が喰って何が悪いのだろう……何かが違う、と富は思った。しかし、その違いが何なのか、うまく言葉にできなかった。

「よいか。解ったか」

「……はい」

富が理解できたのは、この世には理不尽なことがあるということ、自分の力ではどうしても解決できないことがある、ということだった。

「もう寝なさい」

萬治郎は土間へ降りると、水甕《みずがめ》から柄杓《ひしゃく》で水を掬《すく》って、ゴクゴクと喉を鳴らして飲んだ。口の端から水が零《こぼ》れた。

富の両目からは熱い液体が溢れ出た……


……私の人生は……前半生《ぜんはんせい》はとても恵まれていた。

大きな絹織物の製糸工場の経営者の家に生まれ、何一つ不自由なく育てられた。八人兄弟の末っ子に生まれ、家の手伝いをすることもなく、自由に過ごせた。毎日毎日が楽しかった。寿美ちゃんのように、生まれ付いてからずっと、辛く苦しい生活から逃れられなかった子もいたのに……

尋常小学校を終えると、県内初の高等女学校へ進学した。寄宿舎へ入り、同室の生徒三人とは直ぐに仲良しになった。洋楽の虜になり、音楽師範に可愛がられて、蓄音機で好きなだけ録音盤を聴いた。至福の時間だった。

四畳

キョッキョッキョッキョッ……一日の始まりを告げるような鳥の啼き声。タラララ……木の幹を突つく音。啄木鳥《きつつき》の立てる音で、富は目を覚ました。

夜明けの青い薄明かりの中で、枕元に置いた腕時計を見る。五時十七分。蒲団から出ると、衣紋掛《えもんか》けに下げておいた丹前《たんぜん》を羽織った。キンと冷え込んだ夜明けの空気が、富の意識を覚醒させる。

朝日を受けて真珠色になった雪見障子を開けた。毘沙門沼の手前側は朝日を浴びて露草色《つゆくさいろ》に輝き、まだ陽が当たらない奥の水面は藍色に沈んでいた。

沼の周囲の樹木は揺れていないのに、水面には細波《さざなみ》が立って煌めいている。そよそよと吹く風が、水面に銀の光を撒き散らしている。

透明度が高い沼なのに、沼の中の様子は窺い知ることができない。それが神秘の所以《ゆえん》なのだろうか。沼は、遠く上から見ているだけの者には、その実体を掴ませることはない……

富は、昨日も着ていたシャツとズボンに着替えると、蒲団を上げた。石油ストーブを点ける。座卓を部屋の中央に戻し、自身は小さな桐の針箱を持って南の角に正座する。雪見障子に近い畳の隅に、赤いガラス玉の付いた待針《まちばり》が刺してあった。

待針が刺してある位置から、爪を立てて一つ一つ、富は畳の目を数え始めた。

ひ・ふ・み・よ・いつ・む・なな・や・ここ・とお。ひ・ふ・み・よ・いつ・む・なな・や・ここ・はた。ひ・ふ・み・よ・いつ・む・なな・や・ここ・みそ。よそ。いそ。むそ。ななそ。やそ。ここのそ。もも……

百まで数えると、その畳の目に頭が白いガラス玉の待針を刺した。

ひ・ふ・み・よ・いつ・む・なな・や・ここ・とお。ひ・ふ・み・よ・いつ・む・なな・や・ここ・はた。みそ。よそ。いそ。むそ。ななそ。やそ。ここのそ。もも……

また百まで数えると、今度は黄色の待針を刺した。そして、また百まで数えると、今度は黄緑の待針を刺した。携帯用の針箱には、緑・青緑・青・青紫・紫・赤紫の待針が残っていた。

富は、一心不乱に畳の目を数えることを繰り返した。何かに憑かれたように、同じ動作を繰り返す富の眼は、底光りして異様に輝いた。

緑・青緑・青……青紫・紫……畳の日に少しずつ色の違った待針が打たれていった。針箱の中に最後まで残っていた赤紫の待針を刺し終えると、富の表情が徐々に穏やかになった。大きな溜息をつくと、肩の力が抜けたように両手がだらりと垂れた。

待針を抜いて針箱に収める。魂が抜けたような富だったが、気を取り直すと、ぶつぶつと独り言を言い始めた。

——畳の日、今朝も千まで数えたよ。昨日までの分と合わせて四十三万三千だ。だけども、仮令《たとえ》百万まで数えても戻って来ないことくらい、解っているんだ。解っているが、数えずにはいられないいんだよ。数え続けていると、いつか瑠璃が還ってくるような気がして……

五　朝　飯

「お早うございます」

襖の外から菊乃の声がした。

「お早うございます」

富の返事に襖が開く。

「よく御休みになれましたか」

菊乃が新しい魔法瓶と茶櫃を持って入ってきた。

「あらあら、もう蒲団まで上げていただいて。私がやりましたのに」

「一旦目が覚めると、寝ていられない性分でして」

「私もです。実家が農家で、幼い頃から早起きは三文の徳ってさんざん言い聞かされたせいか、遅く起きると何か損をしたような気分で」

「農家の方は殊更《ことさら》朝早いですからね」

「朝早く起きないと落ち着かないっていうのは、根っからの貧乏性なんでしょうねえ。ア、お客様は違いますよ」

菊乃は、茶を淹れながら、慌てて打ち消した。

「失礼しますよ」

再び襖が開いて、誠が入ってきた。

「お早いお目覚めですね」

持ち手の付いた大きな長角盆《ちょうかくぼん》を座卓の脇に置く。盆には生玉子や納豆、根曲《ねまが》り竹《だけ》の煮物、紫湿地《むらさきしめじ》の油炒め、野蒜《のびる》の酢味噌和え、蜆《しじみ》の味噌汁、小振りの飯櫃が載っていた。

誠が、敷布と枕覆いを外す間に、菊乃が慣れた手付きで小鉢や皿、椀、茶碗を座卓の上に並べる。

「昨日と同《おんな》じで、山で採れた物ばっかりで。粗末な朝飯《あさめし》で申し訳ありませんが」

「いえいえ、立派な朝餉《あさげ》ですよ。どれも美味《おい》しそうじゃないですか」

「お口に合えばいいんですけれども」

「空気が冷え込んでいる分、温かい物が尚更《なおさら》美味しくいただけて」

「本当に。この寒さはもう冬ですね。おお、嫌だ嫌だ」

菊乃は、身を竦《すく》ませる仕草をした。

「信州も寒かったけど、ここも寒くて。おまけに信州より雪が深くて。一冬《ひとふゆ》に二回も屋根の雪下ろしをしなくちゃならないんですよ」

敷布と枕覆いを手にした誠が、口を挟んだ。

「玄関前の雪掻きは私も手伝って、肩と腰が痛くなるひどい重労働ですよ。全く冬はいいことなんて何にもありゃしない」

菊乃の愚痴に頷きながら、富は独り言のように話し始めた。

「冬はつとめて。雪の降りたるは言ふべきにもあらず、霜のいと白きも、またさらでもいと寒きに、火など急ぎおこして、炭持て渡るも、いとつきづきし」

「はあ？　それは一体何ですか」

「千年近く前の女性が書いた随筆です」

「はあ……」

菊乃は文言《もんごん》の原典も、随筆という意味も知らないらしかった。

「『枕草子』じゃないか」

誠が説明したが、菊乃には今一つピンとこないらしかった。

「ご主人はご存知なんですね」

「臼田《うすだ》の農蚕学校時代に、古典の授業で習いました。もっとも当時は剣道ばかりやっていて、ちっとも勉強しない出来の悪い生徒でしたが」

「今のはどういう意味ですか」

菊乃の問いに、富は、できるだけ解り易く答えた。

「冬は早朝がよい。雪が降っているのは言うまでもなく、霜がとても白いのも、またそうでなくても、とても寒い時に、火を急いで起こして、炭を持って移動するのも、たいそうふさわしい……そんな意味でしょうか」

「冬の寒い朝や、降る雪や白い霜がいいなんて、また随分と風流なことですね」

菊乃は、理解できないというように、首を振りながら言った。

富は、菊乃の言葉に真実味を感じた。糧を得るために、一日一日を必死に生きなければならない菊乃にとって、朝は寒くなく、雪は降らず、霜は降りない方がいいに決まっている。公家貴族の宮廷文学は、厳しい自然と真っ向から対峙しなければならない生活者にとって、何の役にも立たない……

「それでは、どうぞごゆっくりお召し上がりください」

菊乃と誠が部屋から出ていくと、富は旅行鞄の中から和紙の包みを取り出した。包みを広げ、重ねられた仏膳椀を座卓に並べる。自分の分から少量の納豆、根曲り竹、紫湿地、野蒜を小さな椀に移し、汁椀に三個の蜆と汁を移した。親椀に飯櫃から米を少し装う。塗り箸を添えると、両手を合わせた。

「今日は瑠璃沼まで行ってみようと思うんだよ」

富は目の前に人でもいるかのように、虚空に向かって語りかけた。

「だけど、果たして沼まで負ぶって行けるものやら。負ぶい紐があったところで、山道だろうしなあ」

背筋を伸ばし、正座して食事を摂る富の視線は、対面する人物に向けられていた。それは通常よりもかなり下の高さだった。

「畳の目を数えるのも、今日で止めにするよ」

目の前の朝飯を少しずつ口にしながら、富は低い位置で向かい合う娘に告げた。

「畳の目に指を這わせている間だけでも、瑠璃の苦しみが和らぐ気がしていたけんど」

富は、呟きながら座卓の上の皿や小鉢を空にしていった。


「母ちゃん……」

若い娘が呼びかけてきた。味噌汁を啜っていた富は、顔を上げた。

「食べな……ワタシの分も食べな……」

「母ちゃんはもう腹一杯だ」

「いいから食べな。母ちゃんがひもじい思いをしながら、ワタシに腹一杯食べさせてきたんだから、今度は母ちゃんが腹一杯食べな……」

「そうかい。じゃあ、ありがたくいただくよ」

富は小振りな仏膳椀の中身をきれいに食べた。最後に根曲り竹を載せていた椀を空にすると、高坏の位置に戻す。水平に置いたはずの椀が、その場でぐらぐらと揺れて回った。独楽のようだった。

「ご馳走さま」

椀が動きを止めた。

富は両手を合わせた。一礼。仏膳椀を手拭いで拭うと、和紙に包んで旅行鞄に仕舞った。

静かに茶を飲んだ。透き通った緑色の香ばしい茶が、喉から胃に流れていった。ほんわりと身体が温かくなる。目の前には誰もおらず、大きな窓の向こうに遠く磐梯の頂が屹立していた。

六　地下足袋

「瑠璃沼まではどのくらいかかりますか？」

　帳場にいた誠に、富が声をかけたのは、寒さも緩んだ九時過ぎだった。

「えーと、距離は一里もなくて三キロといったところでしょうか。ですが、登ったり下ったりの山道ですから、御婦人の脚《あし》ですと小一時間《こいちじかん》はかかると思います」

「それはちょっとした徒歩旅行ですね」

　誠の説明を受けた富の言葉は、弾んでいるようにも聞こえた。

「何でしたら、私がご案内いたしますが。道は一本道で迷うことはないんですけれども、熊の心配もありますし」

「え？　熊が出るのですか」

「はい。そろそろ冬眠に入る頃ではあるのですが。冬眠前は餌を喰う量も多く、動きも活発になるようでして」

「そうですか。獣達も冬を越すのに準備が必要なんですね」

「元々がこの辺りは熊の生息地でして」

「熊の生息地に人間が入り込んだ、ということなんでしょうね。お気遣いはありがたいのですが、一人でのんびりと行ってみようと思いますので……」

富は、熊が出る恐れを全く意に介していないようだった。

「そうですか。それでは、お荷物はお部屋に置かれたままで結構ですよ。他に予約も入っておりませんし」

「ありがとうございます。では、お言葉に甘えさせていただきます」

シャツとズボンに上着姿の富は、左肩に肩掛け鞄を懸けると、玄関に降りて茶色の革靴を履いた。

「菅野様、菅野様！」

菊乃が慌てて板場から走ってきた。右手に地下足袋《じかたび》をぶら下げている。

「大きさが合えばこっちの方が。足は何文《なんもん》ですか」

そう言いながら上がり框に膝を折ると、地下足袋の後ろの十枚小馳《こはぜ》を外し始めた。

「九文七分《きゅうもんななぶ》なんですが……」

「じゃあ、大丈夫です。これは私の地下足袋ですが、九文八分ですから。ズボンの裾をしっかり巻いて、中に入れれば大体合うはずです。ささ、履いてみてください」

菊乃は、富の足元に小馳を外した地下足袋を揃えて置いた。

「でも、お仕事で使ったりはしないいんですか」

「野良仕事も栗拾いも、今すぐやんなくちゃなんねえ仕事ではないです。茸も足が生えて逃げるわけではなし」

「そうですか。それではありがたくお借りします」

「そうですよ。第一そんな高級な革靴で出かけたら勿体ない。山道には松の根っこが飛び出てるし、岩はごろごろしてるし、沼の辺《ほとり》は湿地だし、すぐに傷が付いたり、泥だらけになってしまいますよ」

菊乃は根っからのお人好しのようだった。

「そうだ、そうだ。これを持っていってください」

誠が、帳場の柱の陰から大きな鈴を外して持ってくると、富の肩掛け鞄の革帯《かわおび》にぶら下げた。

「熊鈴《くますず》です。人間が通るぞ、って熊に教えるための鈴です。熊も人間が怖いから、逃げていくはずですが」

真鍮製《しんちゅうせい》のどっしりとした熊鈴は、ジャリーン、ジャリーンと重たげな音を発した。

「これもどうぞお持ちください。五色沼の特徴や遊歩道で観察できる植物、野鳥についての説明がありますから、何かと便利かと」

菊乃が、透明の書類入れに入った白黒の遊歩道地図を、紐で勲章のように富の首に掛けてくれた。

「まるで、どこかの探検家のようですね」

富は自分の出立《いでた》ちを可笑しく思った。

「立派な探検家ですよ。よくお似合いです」

菊乃の返事は、満更《まんざら》お世辞だけでもなかった。背中をピンと伸ばし、足元を固めた富の姿は、女学校の訓導《くんどう》のようにも見えた。

「では、瑠璃沼探検に行って参ります」

踵《かかと》を揃えて敬礼をしてみせた富に、律儀な夫婦は深々とお辞儀をした。

七　毘沙門沼

旅館の脇にある坂を下ると、毘沙門沼の辺《ほとり》に出た。坂の上から見た沼は青かったのに、側へ行くと水が透き通っている。銀色の鮠《はや》が群れていて、動きを変える度に魚体を光らせた。沼の淵は蒲《がま》や葦《あし》が風になびいていて、水面には細波が立っている。大きな岩が水面から顔を覗かせている所では、その周囲に河骨《こうほね》や未草《ひつじぐさ》などの水草が浮いていた。湿地の脇には、沼に沿ってでこぼこ道が続いており、埋もれた岩や道に這い出た松の根っこが、所々に飛び出ていた。富が岩や松の根から軽く飛び降りる度に、肩掛け鞄に下げた熊鈴が、ジャリーンと鳴った。

毘沙門沼は広く細長く、沼の中心部は空の青さを映し込んだような深い青色をしていた。岸辺では、青緑色へと変化し、榛《はん》の木や赤芽柳《あかめやなぎ》などの植物が繁っている。

遊歩道とは名ばかりの、幅一間足らずの山道は勾配がきつかった。富は急な傾斜を登り詰めると、立ち止まって息を整えた。

後ろから聞こえる野鳥の鳴き声に、振り返ってみる。

でこぼこ道の向こうに青く光る沼が広がっていた。細波がキラキラと光を撒き散らしていて、波の動きと野鳥の囀《さえず》りが重なっている。ピールリ、ピールリ……ピールリ、ピッピ……高く澄み渡った音色。ピッピルリ、ピッピルリ、ピピピピピ……細波が音を発しているようだった。いくつもの自然が一体となって、光と音の交響曲を奏でている。

四十年も前の高等女学校の記念演奏会で、初めて洋楽を聴いた時の感動が、思い起こされた。それはベートーベンの「エリーゼのために」というピアノ曲で、演奏が始まると、会場となった講堂は、別世界へと変化した。ドレスから出た女性ピアノ弾きの両手は、人間の腕ではなく、まるで意志を持った別の生き物のように、優雅に鍵盤の上を舞った。独立した十本の白い指が、大勢の踊り子の脚のように鍵盤の上で入れ替わった。透き通ったピアノの音が、山の中の泉のように溢れ出た。気品・品格・格調……精神が澄み渡った。

富は、すっかり洋楽の虜になった。暇さえあれば、女学校の音楽室に行って、若い音楽師範から、蓄音機で交響曲やピアノ曲を聴かせてもらった。バッハ「G線上のアリア」、ショパン「幻想即興曲」、ラヴェル「ボレロ」、リスト「ラ・カンパネラ」、モーツァルト「トルコ行進曲」、チャイコフスキー「白鳥の湖」、スメタナ「わが祖国」……川が流れるような気持ちよさ、激しい滝の落下、力強い大地の息吹……遠い外国の風景が目に浮かんだ。

終《しま》いには、音楽師範が音楽室の合鍵を貸してくれた――いつでも好きな時に来て、好きなだけお聴きなさい……幸せな時間だった。

高等女学校時代、実家から富への仕送りは毎月二十円だった。授業料は、寄宿費も入れて一ヶ月七円五十銭。残りの十二円五十銭を自由に使うことができた。寄宿舎の同室の生徒三人は、皆《みんな》、十円の仕送りで、富への仕送りは、高等女学校の中で最も多い方だった。

富は、新学期の始業前の帰省時や外出時には、必ず土産を買って寄宿舎へ帰り、友達や炊事係の女性達と、お茶を飲みながら食べた。一個二銭の回転焼きも、よく買って帰っては、寄宿舎で皆で食べた。富の実家は、裕福な家の子女だけが入学してくる高等女学校の中でも、かなりの資産家に位置していた。

当時の製糸女工の日給は、六十三銭。一ヶ月三十日働いて、十八円九十銭だった。富は、製糸女工の日給二十日分を、一ヶ月の小遣いとして自由に使うことができた。
――ある日、富の実家から数里離れた山奥の農家の惨状が新聞に載った。その集落では、三二〇戸のうち、一銭も持たぬ家が二五〇戸。馬鈴薯《ばれいしょ》から藜《あかざ》・蕗《ふき》・独活《うど》で命を繋ぎ、犬猫を喰い尽くし、源五郎《げんごろう》虫さえ喰っている……寄宿舎の食事部屋で新聞を読みながら、富は、自分とあまりにも懸け離れた開拓農家の窮乏に心を痛めたが、その塗炭《とたん》の苦しみに対して、自分としては何ができるのか、考えも浮かばず、真剣な思いにもいたらなかった。

だから……罰が当たったのだ。結婚してから――

福島の高等女学校を四年で卒業して、東京府市ヶ谷《いちがや》の技芸学校に進学してからも、お金には一切不自由しなかった。仕送りの中から授業料、寮費を払っても、毎月十五円以上を小遣いに回すことができた。
技芸学校高等家庭科の授業内容は、家庭に関すること全般で、道徳、国語、音楽、裁縫、家事、手芸から新聞の読み方、着物の着付け、茶の湯、活花、書道、瓦斯《がす》や電気の自動計量器の見方まで幅広く習った。料理にいたっては、西洋料理、支那《しな》料理、日本料理と分けて教えられ、師範も専門別だった。茶の湯の時間には、和菓子が出された。

土曜日の午前中は東京見学で、東京日々新聞社、山谷《さんや》の簡易宿泊所、上野《うえの》動物園などに教師引率の元、出向いた。

土曜の午後は自由時間で、友達と誘い合って銀座に出かけ、珈琲《コーヒー》を飲んだりした。新宿の伊《い》勢丹《せたん》百貨店で買い物をしたり、宝塚《たからづか》や浅草《あさくさ》国際劇場にも何度か公演を観に行った。

市ヶ谷三番町《さんばんちょう》の技芸学校から、銀座や新宿までは一円タクシーで行った。省線電車の方が安かったが、いつも富が料金を支払った。富の小遣いには余裕があった。

勉強もしたが、裕福な家の子女らしい優雅な生活を送って、富は二年間の技芸学校生活を終えた。成績は「優良」、体操だけが苦手だった。

昆沙門沼を過ぎて、登ったり下ったりを繰り返しながら、山道を歩いた。道端に蛍袋《ほたるぶくろ》がある。釣鐘型《つりがねがた》の花は枯れて、茶褐色に萎んでいた。夏には紅紫色《あかむらさきいろ》の筒型の花を数個、提灯《ちょうちん》のように垂らしていたはず……火垂《ほた》る袋と書かれることもある。

さらに狭い山道を四分程歩くと、沼周辺が鉄錆色《てつさびいろ》に染まっている場所に出た。菊乃が首から下げてくれた遊歩道の白黒地図には、赤沼とある。赤松や榛の木の間から見える小さな沼は緑色だが、周囲の植物は赤茶色《あかちゃいろ》だった。水に含まれる鉄分が赤く変色し、苔や葦に付着しているらしい。沼の水の色と、周囲の植物の色がまるで正反対の、珍しい沼だった。

八　憲兵上等兵

「大日本帝国陸軍、憲兵上等兵・永山勝利《ながやまかつとし》であります！」

天幕の中の、折り畳み寝台の上で目を醒ました富の横に、凛々しい兵が立っていた。強い光を湛えた目の横で、右手の指先を真っ直ぐに伸ばし、敬礼をしている。背筋をピンと伸ばした姿勢で、朽葉色《くちばいろ》の軍服と軍帽がよく似合っていた。

エ？　私は一体……ここはどこ？

そうだ……中野《なかの》の東部三十三部隊の練兵場で、技芸学校高等家庭科の運動能力試験を受けていたんだっけ。炎天下で最後の種目、千メートル持久走を最終集団の中で走っている最中に、突然、目の前が真っ暗になり、意識が遠のいていった。それから先は記憶がなかった。

「……あの、技芸学校の他の生徒は？」

富は身体を起こしながら訊いた。額に載せられていた濡れ手拭いが、軍用毛布の上に落ちた。

「皆さん、師範の方に引率されてお帰りになりました」

素早く手拭いを拾いながら、永山が答える。富は、永山の軍人らしいきびきびした動作と、それとは対照的な初々しく丁寧な言葉遣いに好感を抱いた。

「軍医殿に診ていただきましたが、動悸も治まっており、血圧も正常値まで回復した故、もう心配せずともよい、ということであります」

「……申し訳ありません。とんだご迷惑をおかけいたしました」

「いえ。意識が戻ったら、麹町区の技芸学校寮までお送りするようにと、言われております」

「――でも、もう大丈夫ですから。一人で帰れます」

「なりません！　命令ですから。送り届けたら、師範の方へ挨拶をし、帰営して隊長に報告せねばなりません」

「……解りました。では、そのようになさってください」

堅物《かたぶつ》の石頭《いしあたま》さん……とは言わなかった。富の返事を聞いた永山は、寝台の下から風呂敷包みを取り出して富に渡すと、外で待っているから、急いで運動着から制服に着替えるように言った。

「ここから中野停車場《ていしゃば》までは十分程ですが、今から十五分後に十七時二十分発の省線電車があります」

永山は、菊の紋章入り手帳と黒革の腕時計を見比べながら言うと、天幕から出ていった。

風呂敷包みを抱えて永山の後ろを歩きながら、富は、もし永山と夫婦《みょうと》になったとしたら、自分はやはり後ろを歩いた方がいいのだろうか、それとも並んで左側を歩くべきなのか、考えていた。それは突拍子もない思い付きだったが、身体は正直で、一旦治まった動悸が再び早まっていた。

そして……この突拍子もない思い付きは、技芸学校寮の人一倍世話好きな、舎監の婦人の仲介によって、実行に移された。

降って湧いたような縁談だったが、富はもちろん、永山も富の気立ての良さに惹かれて、来《らい》春《はる》の富の卒業を待って、祝言《しゅうげん》を挙げることに異存はなかった。

技芸学校高等家庭科の教育目標は、「實生活《じっせいかつ》ニ即シタル良妻賢母教育」にある。富の成績は、「体操」が四段階最低の丁《てい》ではあるものの、他の科目は、「実践道徳」「公民教育」「家庭教育」「国語」「美育《びいく》」「音楽」が最高の甲《こう》であり、「裁縫」「家事」「手芸」が乙。席次は高等家庭科二組五十一名の中で二位だった。富は、優良の成績で卒業を迎えようとしていた。

だが……

父、萬治郎は、富の結婚に猛反対だった。萬治郎は、財産もなく、陸軍士官学校も出ていない一兵卒の軍人に、娘を嫁にやることはできないという強硬な姿勢を崩さなかった。

富は結婚を認めてくれるように、懸命に萬治郎に頼んだのだが、萬治郎は頑として首を縦に振らなかった。

大本営勤務や高級将校ならいざ知らず、この波高しのご時勢に、憲兵とはいえ高々上等兵である。いつ何時《なんどき》招集され、外地へ出征させられるかも分からない。衝突が起きれば、歩兵同様真っ先に前線に出されないとも限らないのだ――それが萬治郎の言い分だった。

萬治郎の言っていることは、充分に理解できた。しかし……

何かが違う、と富は思った。そして、子供の頃とは違って、今はその何かもはっきりと言葉にできる。

――永山は軍人である以前に、律儀で真っ直ぐな、他人の気持ちを大切にする男なのだ。

私は、その家の財産や、その人の身分と結婚するわけではない。貧しくとも、位が低くとも、人として立派であること。尊敬できること。他人の痛みを自分の痛みとして感じられること。

そういう人と所帯を持ちたいのだ……

富も萬治郎に対して一歩も譲らず、業を煮やした萬治郎に勘当された――

赤沼を過ぎても登り道は続いた。曲がりくねった道を登っては少し下る。その繰り返しだ。小さな岩から飛び降りる度に、肩掛け鞄の革帯にぶら下げた熊鈴がジャリーンと響いた。熊鈴も歓んでいるようだった。

十分程歩くと、枯れた水楢《みずなら》の木の間から翡翠色《ひすいいろ》の水面が覗いた。葉を落とした水楢の根方の少し高くなった草地に登ると、沼全体が見下ろせた。

翡翠色は沼の手前だけ!

沼の手前は翡翠色だが、その十数メートル先は駱駝色《らくだいろ》、さらにその奥は深みのある花浅葱《はなあさぎ》へと変化していた。一つの沼なのに……

驚いたことに水は澄んでいる。深泥沼――透き通った水が混じり合うことなしに、異なる色を保っていた。白黒地図の説明書きによると、光、水深、水草の違いで水の色が変化するとなっている。水面に繁茂している水草は蛭蓆《ひるむしろ》だが、東岸と西岸とではその種類が違うらしい。数十メートル先に対岸が見える程度の大きさなのに、色も深さも植生も違う不思議な沼だった。

一つの沼でさえこんなに違いがあるんだから、況《ま》して人間なんか一人一人全く違っていたって当たり前かもしれない……

富は、静まり返る深泥沼に、人間の機微を教えられた気がした。

九　結婚

　深泥沼の先は平坦な道になった。五分程で草木に隠されたような神秘的な沼が出現した。竜沼……風にそよぐ葦の向こうに、露草色の開放的な沼が見えた。手前には草木が生い茂っているが、対岸は葦が整然と並び、猫柳《ねこやなぎ》が同じ高さで横に広がっている。

　所々に見える浮洲《うきす》が水面に変化をもたらしていた。水の色は、そよ風がたてる細波によって、青藤色《あおふじいろ》や縹色《はなだいろ》へと移り変わる。

　静かで純粋な沼だった。飾り気のない端正な沼は、幻の沼と呼ばれると地図の説明にある。沼を巡っているうちに、富の気持ちもだんだん濾過されて、不純物が無くなっていくような気がしてきた。

　下りが多くなってきた細道を、傾斜に任せて歩を進めた。菊乃が貸してくれた地下足袋は、親指に力が入って疲れを感じさせなかった。泥土や根曲り竹の根が這い出た黒土の上を、吸い付くように歩くことができた。あの真っ正直な夫婦は、裕福ではないにしても、いい人生を送っている……

技芸学校卒業と同時に、富は陸軍憲兵上等兵・永山勝利と結婚した。媒酌人は、陸軍大佐・石塚正三郎《いしづかしょうさぶろう》。永山は最初、媒酌人を直属の上官である陸軍憲兵少尉・小野木勝《おのぎまさる》に頼んだのだが、小野木憲兵少尉は、富の父、萬治郎が位の低い兵と富の結婚に反対していることを知って、東部三十三部隊の大隊長である石塚陸軍大佐に、媒酌人を頼み込んでくれたのだった。

永山の優秀な勤務成績と、生真面目な人柄に惹かれた石塚大佐は、二つ返事で媒酌人を引き受けると、結婚を認めてくれるように萬治郎に長文の手紙を書いた。だが、萬治郎は頑として首を縦に振らなかった。

新婦側の家族が全員欠席するといういびつな祝言が、中野練兵場前の旅館で質素に挙げられた。山梨から出てきた勝利の両親と親戚は、紋付き袴と留袖だった。新郎以下、軍服が多い出席者の前に、鶴のように優美な白無垢《しろむく》の新婦がいた。媒酌人の石塚大佐は、軍服の胸に煌びやかな勲章をぶら下げ、媒酌人夫人は、仕立てのいい山桜の家紋が入った黒留袖《くろとめそで》だった。富は、生まれて初めて肩身の狭い思いをした――

かなりの資産家であるはずの、菅野家の末娘の嫁入り道具は、正絹《しょうけん》の着物で満たされた桐の衣装箪笥一棹《ひとさお》のみ。中には、白無垢・色打掛《いろうちかけ》・引き振袖《ふりそで》・花車をあしらった友禅など、家柄を象徴する衣装が納められていた。母、房のせめてもの、夫に内緒の餞《はなむけ》……

桐箪笥の一番上の引き出しの中、和紙に包まれた着物の上に、一枚の短冊が置いてあった。細筆《ほそふで》の女文字《おんなもじ》……

『今宵こそ　役目果たさん　白無垢の　家出でし娘《こ》へ　想い届かず　』

短冊を裏返してみると、短文が添えてある。

——母として、花嫁衣裳を着た貴女を見られなかったのが、一番の心残りです。これからは、金子《きんす》を送ることも、在所に呼ぶこともままなりませぬ。どうか、お達者で。困窮することが起きたなら、ためらうことなく、これらの着物を処分して、暮らしの足しになさいますよう……草々——

それでも練兵場近くに借家を見つけ、新婚生活を踏み出した富は、満ち足りた気分だった。朝晩の食事の用意も、勝利の弁当作りも、狭い家の掃除も、洗濯も、夕方の食材の買い出しも、楽しさだけがあってちっとも苦にはならない。小さな飯台《はんだい》で、勝利と向かい合って摂る食事は、安価な献立でも、富にささやかな幸福をもたらしてくれた。

練兵場から帰ってきた勝利は、晩飯が済むと、毎晩脇目も振らずに支那語を勉強した。風呂屋に行く時間も惜しんで、いつも富より遅く家を出るのに、富が風呂屋から帰ってみると、濡れた坊主頭に鉢巻を締めて、一心不乱に支那語の発音を繰り返していた。

何故そのように勉強しなければならないのか、富が勝利に尋ねたことがある。

「自分は、支那語の後は英語と露西亜《ろしあ》語を身に付けて、特務曹長を目指す。無事、准士官である特務曹長になることができたら、富の親父さんに改めて結婚を認めてくれるように、お願いにいくつもりだ」

甘い新婚生活ではなかったが、富のために懸命に努力を重ねる勝利の姿勢は、一途で凛々しく、その気持ちがありがたかった。

富は支那語を勉強する勝利の横で、静かに針仕事に勤しんだ。

十　出産

六年の月日が流れた。その間、三カ国語の猛勉強を重ねた勝利は、優良な勤務成績も評価されて、伍長、軍曹、曹長と順調に昇進を果たし、下士官の最上位に昇っていた。陸軍兵・下士官としての俸給も、上等兵の六円四十銭から、伍長の十円五十銭、軍曹の十八円、曹長の三十四円五十銭と鰻登りに増えていった。憲兵の場合、これに一律七円五十銭の憲兵加俸が付く。さらに、兵営外に居住する場合は、営外加俸が支給された。営外加俸は上等兵で三十六円、曹長で二十九円。上等兵時代の月次総額四十九円九十銭から、曹長では七十一円まで増えていた。曹長の上は、准士官・特務曹長となる。

大正十五年一月十七日。富は、中野の産院で、第一子となる女の子を出産した。永山「瑠璃」……三、〇〇五グラムの元気な赤ん坊だった。富の退院後、三週間経った二月十一日紀元節の日、勝利は目標としていた憲兵特務曹長に昇進した。軍人としての俸給も、陸軍准士官年俸九百円に憲兵加俸・月次七円五十銭、そして、通訳加俸が一等と認定されて、月次五円加えられた。通訳加俸は一等から四等まであり、四等では二円。総額で、勝利の年棒は一千五十円と千円を超えた。勝利は叩き上げの軍人としては、短期間で兵から准士官へと目覚しい出世を遂げていた。

五月になると、勝利は結婚後一度も取ることのなかった休暇願いを、憲兵本部に提出して三日間の休暇を認められた。

晴れて准士官となった勝利は、瑠璃を負ぶって富と三人で、富の実家に挨拶するため、汽車を乗り継いで川俣へと向かった。汽車は混んでいたが、陸軍省憲兵隊発行の切符は常に優先され、二人分の座席は確保できた。川俣駅に降り立った勝利は、駅長室を借りて背広から軍服に着替えると、瑠璃を富に背負わせて、代わりに荷物を手にした。五月とはいえ、空っ風が吹き荒ぶ寒い日だった。

富の実家に着いて座敷に正座し、瑠璃を真ん中に寝かすと、二人揃って父、萬治郎に挨拶した。萬治郎はにこりともしなかったが、勝利の軍服の立襟《たちえり》や肩章《けんしょう》に付けられた星二つの階級章を見ると、大きく頷いた。富の結婚は六年経ってやっと実父に認められた。休む間もなく、二人は近所や親戚にも挨拶回りをした。この挨拶回りで、瑠璃は風邪を引いたらしく、実家に戻った夜から熱を出し、赤い顔をして咳が止まらなくなった。

三日間の休暇の最終日、夕方、中野に戻ってきた富は、すぐに乗り合い木炭車に乗って、瑠璃を代々木の春山《はるやま》小児科医院へ連れていった。

春山医院に着いてみると、待合室は麻疹《はしか》の子供でいっぱいだった。風邪を引いていた瑠璃は、そこで麻疹にも感染してしまった。翌日も、翌々日も、富は瑠璃を連れて木炭車で春山医院に通った。

勝利は新しい任務を与えられたらしく、朝早く家を出て夜遅く帰ってくるものの、三日に一度は練兵場に泊まった。多忙を極めたが、新しい任務が何であるかは、軍事機密だと言って富にも一切話すことはなかった。

富は連日木炭車で春山医院に通った。朝早く出ていっても、込み合っている待合室で何時間も待たされ、診察と治療を終えて借家に帰ってくると、いつも暗くなっていた。

春山医師からは「麻疹だから肺の中に水が溜まる恐れがある。温めるように」と言われた。富は家にいる時はもちろん、木炭車で春山医院に通う時も、角巻《かくまき》で瑠璃の身体を包み、冷やさないように注意していたが、瑠璃の容態は一向に良くならなかった。

途方にくれていた富に、珍しく夕方早く帰ってきた勝利が、媒酌人である石井大隊長からの紹介状を手渡してくれた。紹介状は、新宿戸山町《とやまちょう》にある臨時東京第一陸軍病院の院長宛であった。紹介状には――当部隊にて重大任務に従事せる者の家族故、望むらくは最大の便宜を図られたし――とある。明日の朝、早速瑠璃を連れていくように、と勝利の言葉は簡潔だったが、勝利から大隊長へ熱心に懇願したことは、容易に想像できた。


翌朝、富は藁《わら》にも縋る思いで、瑠璃を負ぶうと陸軍病院へ連れていった。

『案内』という腕章を巻いた受付の兵は、大隊長直筆の紹介状を読むと、富にその場で待つように言い、直ぐに院長室へ向かった。ほどなく戻ってきた案内兵は、緊急外来へと富を案内してくれた。早速、大尉の階級章を着けた軍医によって診察が行われ、体温、脈拍、血圧が測られる。ぐったりした瑠璃の熱は三十九度八分。聴診器を外した軍医は、すぐに放射線写真を撮るように看護婦に指示し、放射線室にも案内兵を伝令として、先行させてくれた。撮影された胸部放射線写真が急いで現像されて、軍医の元に届けられた。

「こりゃ大変だ。重度の肺炎を起こしているから、抗生物質を打って、とにかく熱を下げないと」と言われた。瑠璃の小さな尻に注射をし、そのまま診察室の処置寝台に寝かせられた。吸入器が運ばれてきて、酸素吸入が行われる。頭の下に氷枕が当てられ、額には氷嚢が乗せられた。しかし、夜遅くになって、軍医を始め、院長や陸軍病院の軍属の勤務時間が大幅に超過した時点で、富は帰宅を余儀なくされた。陸軍病院には、小児のための入院設備がなかった。それ以前に……瑠璃は回復の望みを絶たれていた。

容態が……極端に悪化していた。目が開いたままになり、目玉が動かなくなり、口も動かなくなって、手も動かせなくなってしまった。

陸軍病院の玄関前で、富が木偶人形《でくにんぎょう》のようになってしまった瑠璃を抱えて、案内兵が呼んできてくれた人力車に乗り込むと、院長の隣に並んだ軍医が静かに口を開いた。

「……もう死んだも同然だから。脳症を起こしているから……助からないと思う。気の毒だが……」

「……お手数をおかけして申し訳ございませんでした……ありがとうございました……大変お世話になりました……」

富はお辞儀をして顔を上げると、涙も拭わずに人力車夫に中野の練兵場近くへと告げた。告げながらも、途中の魚屋の裏口がどこにあったか、思い出そうとした。閉まってしまったであろう魚屋の裏口へ回って、氷を分けてもらわなければならなかった。

陸軍病院の軍医が諦めた瑠璃を、富は見放すことができかった。首の下に氷枕を当て、額に氷嚢を乗せ、三時間ごとに小さな匙《さじ》で重湯を飲ませた。夜も昼もなかった。瑠璃を助けなければという思いだけが、強烈にあった。

勝利は、以前にも増して三カ国語の語学習得に励みながら、瑠璃の看病を富と交代してくれた。その背中には鬼気迫るものがあった……

二月に特務曹長に昇進した勝利は、わずか三ヶ月で憲兵少尉に昇進した。准士官から士官へ。無理をして購入した軍刀を提げ、写真館で写真を撮った。しかし、喜びも束の間、六月から大陸への赴任を命じられた。表向きの命令は、中華民国山東省《ちゅうかみんこくさんとうしょう》で、蒋介石《しょうかいせき》の国民革命軍《こくみんかくめいぐん》から日本人居留民を保護することであった。しかし、勝利からは、任務はもちろん、任地も目的も部隊名も極秘扱いだからと、肝心なことは何一つ教えてもらえなかった。勝利の卓越した語学力からすると、英国を始め八カ国が居留する租界で、危険を伴う諜報活動をさせられるのかもしれない、と富は想った。

梅雨が迫った六月上旬、勝利は鳥が飛び立つように、大陸へと渡ってしまった。

『派出看護婦求ム。患者ハ半歳女児一名。永山』

気の早い蝉が鳴き始めた七月。富は借家玄関に張り紙をした。しかし、張り紙を見て訪ねる者も、その給金を聞くと、一様に尻込みして去っていった。富が提示できたのは、月給十二円五十銭。それまでの蓄えは、瑠璃の治療費や勝利が少尉任官した際の軍刀の購入に当ててしまって、ほとんど残っていなかった。勝利の俸給が月次百円以上になるはずだったが、どういう訳か、その仕送りは途絶えたままで、富は、今までに経験したことのない金銭的な苦労を味わった。それは想像以上の苦しさで、女学校時代の小遣いや技芸学校時代の遊興費がいかに贅沢で恵まれており、自分がどれほど世間知らずだったか、嫌というほど思い知らされた。

曲がりくねった急流が、苔に覆われた岩や尖った草を濡らしながら、踊っていた。細く流れの速い川を横切って、富は野道を歩いた。勢いのある川の上を渡ってきた冷たい風が、富の頬から熱を奪っていく。

北東の空の下、遠く二、〇三五メートルの西吾妻山《にしあずまやま》が見えた。吾妻連峰の最高峰、ゆったりとしてなだらかな優しい山容だった。

真東には、さらに小さく安達太良山《あだたらやま》が見える。標高一、七〇〇メートル。その高さの割に、鋭く尖った二つの山頂が左右に美しい裾野を引いていた。

原始の山々の手前に松林が横たわり、松林の前で無数の葦が紫色の沼を縁取っている。松林と遠くの山々を映しながらも、その水面には細波が立っていた。弁天沼は、山々を映し込んだ縹色と松の木賊色《とくさいろ》と葦の鳥《とり》の子色《こいろ》と自身の紫色に染まっていた。沼の手前は薄紫色で、奥に行くに従って濃い紫へと変化していた。高貴な沼だった……

十一　陸軍看護婦

「ごめんくださーいッ！」

　お盆前の八月の暑い日曜日、玄関に元気よくおとなう声が響いた。富が玄関に出てみると、富と同年代の和服を着た婦人が、破顔一笑、両手を差し出して富の両手を強く握り締めた。

　エ？　誰？　え？　え？　まさか！

「久しぶり！　元気だった？」

「寿美ちゃん!?」

　十二年振りに会った寿美は、すっかり肥えて体形が変わっていたものの、くりくりした栗鼠《りす》のような眼は、相変わらず忙しく動いて、悪戯っぽい表情は健在だった。

「表の張り紙、見て来たの。噂には聴いていたんだ。富ちゃんが軍人さんと結婚したっていうことは」

「よくここが判ったねえ」

「これ、見て」

寿美は、信玄袋から名刺ほどの紙を出すと、富に見せた——大日本帝国陸軍省医務局発行
陸軍看護婦ノ証　落合寿美《おちあいすみ》——

「私、年季が明けた後、東京に出てきたの。日赤の看護婦養成所を出て、陸軍看護婦になったんだ。三年前から戸山の第一陸軍病院で働いてんだよ」

「エエーッ！　じゃあ、瑠璃を連れていった時は、陸軍病院にいたの？」

「ウン！　院長先生も軍医大尉も匙を投げた乳児を、富ちゃんが懸命に看病し続けてるって聞いたら、もう矢も立てても堪らなくなって」

「……」

嬉しくて言葉にならなかった。富を心配して駆け付けてくれた寿美の気持ちは、痛いほど理解できた。

「私、休職願い出してきたから。明日からここで雇って頂戴！」

「駄目、駄目。派出看護代で月十二円五十銭きり払えないんだよ。ちゃんとした陸軍看護婦なんかとっても恐れ多くて。無理だよォ」

「何言ってんの。私、もう婦長さんに無理やり休職願い出してきちゃったし。十二円五十銭だったら、今まで貰っていた給金と一緒だし。もう決めたことだから」

そう言うと、寿美は玄関から勝手に上がりこんで、瑠璃が寝ている居間へと急いだ。有無を言わせない態度だった。主従が逆転したのを意識しながら、富は慌てて寿美の後を追った。

寿美は、伏している瑠璃の側に座ると、動かない瑠璃の様子をじっと観察した。富が説明する。

「……瑠璃っていうの。瑠璃色の瑠璃。一月に生まれたんだけど……実家に連れて帰った五月からずっとこうなんだ」

「……大変かもしれないけど、できるだけのことはしよう。後悔だけはしたくないから」

寿美は部屋の中を見回すと、窓際の少しでも日当たりのいい場所へ瑠璃を移した。看護婦手帳に、明日持参する品を書き留め、富に見せた。介護日記（縦罫《たてけい》帳面）、体重計、計量匙《けいりょうさじ》、消毒液、湿布薬、痰吸引《たんきゅういん》ピペット、消毒綿布、聴診器、蜜柑《みかん》果汁、林檎果汁、磨り潰しほうれん草、磨り潰し南瓜《かぼちゃ》、磨り潰し薩摩芋《さつまいも》――

「じゃあ、明日の朝七時に来るから。それまでは、いつも通り瑠璃ちゃんの世話、気を付けてね」

「そんな朝早くなくとも。九時位からでも十分私は助かるから……」

「早起きは三文の徳」

そう言うと、寿美はそそくさと帰っていった。

次の日から、寿美も死に物狂いで瑠璃の看病に当たった。夜も昼もなかった。富は寿美に習って、瑠璃を縦抱きにして離乳食を与えた。襁褓《むつき》に微量でも未消化の食べ物が確認されると、別の食べ物に替えた。検温で少しでも体温の上昇が見られると、氷嚢の氷を増やし、尿の量も記録した。寿美は、これまでに学んだ看護術の全てを駆使して看病し、判らないことがあると、自身が直接、人力車で陸軍病院へ出かけていき、軍医大尉や婦長に教えを請うて戻ってきた。

二ヶ月が経った十月のある日――

動くことのなかった瑠璃の目玉が、突然、ギョロリと動いた。瞬きもするようになって、両手を動かした。

翌日からは食欲も増し、小匙で三、四杯だった一回の食事が、倍の量になった。粥や豆乳が多く与えられるようになった。それでも下痢の症状はみられず、便は軟らかかったものの、量が増えた。体重が増え、富も寿美も助かると思った。

富が瑠璃を負ぶって、寿美と二人で陸軍病院に連れていくと、軍医が目を見張った。

「よくぞここまで回復したものだ。さぞかし難儀したことだろう」

それからは、月に一度陸軍病院で診察を受けたが、経過は順調だった。生命の危機は脱したと説明された。ただ、これからの瑠璃の成長の見通しについて、軍医の言葉は悲観的だった。

「脳症の影響で、恐らく言葉や知能、運動神経に後遺症が残る。命が助かっただけ良かったと考えなさい。畳の目一つ一つ良くなると思って、辛抱強く看病なさい」

瑠璃の看病は、その後一年半にも亘った。幸い、言葉や知能に障害は残らなかったものの、下半身に麻痺《まひ》が残った。瑠璃は二歳を過ぎても立つことができなかった。最終的に瑠璃の病気は、小児麻痺《しょうにまひ》と診断された。大正末期から昭和初期にかけて、非常に流行っていた病気だった。感染経路は病原体による経口感染で、脊髄《せきずい》の神経細胞が侵される症状が出る。

「じゃ、これで……」

二年間の派出看護を終えた寿美が正座した。手を突きながら挨拶する寿美に対して、富は顔を上げることができなかった。寿美が来てくれなかったら、瑠璃は助かったかどうか分からない。富は礼を述べることも叶わなくて、ただただ涙を流しながら何度も何度も頭を下げ続けた。

やっとのことで整理箪笥の前へ行き、引き出しを開けると、一枚の封筒を取り出した。寿美の前に正座して、涙を振り絞りながら、封筒を差し出す。

「……こ、これはほんの少しばっかりで……と、とてもとても、寿美ちゃんの、看護婦としての、ぎ、技能に……報いられるも、ものでは、ないのだけれど……」

「わ、私は、毎月毎月十二円五十銭ずつ貰っていたんだから、こ、こんなことはしないで頂戴――」

寿美も、涙を滲ませながら、封筒の中身を見もせずに富の方へ押し戻す。

「……でも……」

「昔、ひもじい思いをしていた時、富ちゃんが真夜中に持ってきてくれた握り飯は、一個が一円にも二円にも値したんだよ。私はあの時喰った天麩羅より旨い物を、未だかつて喰ったことがないんだよ。私はずっと富ちゃんに借りがあったんだ」

そう言うと、寿美は両手で富の手を握った。温かい手だった。富の両目からとめどなく大粒の水滴が落ち続けた。

十二　質　屋

「ごめんくださいまし」

　玄関で嗄《しゃが》れ声《ごえ》がした。聞き覚えのある声だと思いながら、富が玄関に出てみると、富が通いつめた質屋の老主人だった。玄関の前に柳行李《やなぎごうり》を積んだリヤカーが置いてある。

「これはこれは。いつもいつもお世話になりまして」

「いやいや。今日はお預かり物を届けに参りました」

「預かり物？」

「はい。たんとございまして」

　老主人は、リヤカーから柳行李を運び始めた。富も下駄を突っ掛けると、慌てて手伝った。上がり框に積み上げられた柳行李は全部で五梱《ごこり》あった。

「ちょっとばかし、失礼しますよ」

　老主人は柳行李を担いだまま、雪駄を脱ぐと上がり框に上がった。富が急いで茶の間の障子を開ける。老主人は次々に柳行李を運び入れた。

「一体、これは？」

富の問いには応えず、老主人は一梱《ひとこり》ずつ柳行李の被《かぶ》せ蓋《ぶた》を取った。中に――富の白無垢、猩《しょう》猩《じょうひ》緋の色打掛――次の柳行李には蜜柑色の引き振袖、淡藤色《あわふじいろ》の上品な友禅――次の柳行李には若い娘用の晴着、訪問着――その次の柳行李にも漆黒の家紋入り礼服、喪服……今まで富が質屋に持ち込んだ全ての着物が、丁寧に和紙に包まれて納められていた。

「実は……口外するなと言われていたのですが……永山様が着物を持ち込む度に、陸軍看護婦の方が手前どもの店にお見えになりまして」

「寿美ちゃんが？」

「その都度貸付金と利息を払っていただきまして。一回当たり、二十二、三円位だったでしょうか。ただ、御品物はしばらくの間、預かっておいて欲しいと仰られて。今日まで蔵の中に仕舞っておりました。先日、いらっしゃった時に、全部の着物をこちらにお届けするようにと」

「……」

言葉を失った。着物を預けて工面した金のうち、寿美に渡した月次十二円五十銭の給金は、全額が着物の受戻《うけもど》しに使われていた。そして、それでも足りない分は、寿美が自分で出したに違いない。富が質屋に預けた着物は、一枚も流されていなかった。

「あ、あのォ……陸軍看護婦の俸給というのは、一体幾らぐらいなんでしょうか？」

「さあ、手前もはっきりしたことは分かりませんが。何でも看護婦は二等兵相当、婦長は上等兵相当だと聞いたことがあります」

「二等兵相当……」

二等兵だとすると、俸給に各種加棒を合わせて、月二十五円位だろう。寿美の場合は、正規の看護婦資格を得ているし、三年の実務経験もあるから、もっと貰っていたかもしれない。それなのに、十二円五十銭の給金しか受け取らず、恐らくは蓄えていた金も加えて、全てを富の着物の受戻しに……あまりにも優しい寿美の心根が……身に沁みた。

十三　戦　死

「ごめんください！　ごめんください！　永山さん、永山さん！」

ドンドンドンドン！　ドンドンドンドンドン！

年も押し詰まった日曜の早朝、激しく玄関の引戸を叩く音が響いて、富は不安に駆られながら、戸を開けた。逓信省の配達夫が一礼すると、赤字で官報と印が押された電報を差し出した。

『ナガヤマカツトシ　一二ツキ五ヒ　支那〇〇ニテセンシス　〇〇ブタイ
大一五トシ一二ツキ九ヒ　』

エ？　これは一体？　呪文のような電報は、現実離れしていて、俄には信じられなかった。勝利が十二月五日に支那の〇〇で戦死？　〇〇部隊？　まさか！　あのように優秀だった勝利が、死んだ？　どうして？　何故？　支那のどこで？

瑠璃の命と引き換えのような悪い知らせだった。

五日後の十二月十四日に、勝利愛用の腕時計と舶来の万年筆が遺品として届いた。しかし、戦死時の状況は何も分からなかった。

勝利の葬儀は、その戦死の状況が軍機に触れるということで、甲府の勝利の実家で、ひっそりと執り行われることになった。瑠璃を負ぶって甲府行きの汽車に揺られながら、富は、これまでの秘密に覆われた勝利の行動から、今度の戦死はただの戦死ではないことを確信していた。大陸へ渡ってからは、あの律儀な勝利から、一度も俸給が送られてきたことがなかった。さらに、帝国陸軍主計局から届いた勝利の軍人恩給の通知は、通常の少尉の半額にしかならなかった。

葬儀が終わると、富は勝利の両親に座敷へ呼ばれた。富が両親の前に正座すると、義母が、これまでの結婚生活に対して、未亡人のような苦労をかけたと言いいながら、感謝してくれた。義父もさぞかし辛い思いをしただろうと、慰めてくれた。富は、その言葉だけで、充分だと思った。これまでの苦労は全て吹き飛んだ気がした。

義父が和服の袂から一枚の封筒を取り出した。黙って富の前に差し出す。

『富へ』と宛名書きがあった。裏に勝利の名前がある。中の便箋を引き出して読んだ。

『有数ノ資産家ノ家ニ生マレナガラ一兵卒ニ嫁イデ呉レタ事深謝《ことしんしゃ》ス。吾ガ身ニ一事《いちじ》アラバ離縁シテ新シキ人生ヲ踏出サレン事切《ことせつ》ニ願フ。是《これ》父母モ承知ノ事ナリ。瑠璃ヲ何卒《なにとぞ》ヨロシク頼ム』

勝利らしい硬く簡潔な手紙……一体、大陸で何があったのだろうか。

東京へ戻った富は永山家から籍を抜き、中野から川俣へ帰ろうと思った。東京府から福島県へ。自然に囲まれた川俣で、小さな家を借りて瑠璃を育てようと決心した。

田舎で慎ましく暮らせば、少ない遺族年金でも何とかやっていけるだろう……

再度甲府へ出かけて挨拶を済ませ、着物を売り払った。古道具屋を呼んで、家財を処分した。瑠璃を負ぶって、わずかばかりの手荷物を持つと、省線電車で上野停車場に向かった。

「ごめんください」

菜の花の黄色で埋め尽くされた川俣の富の借家に、軍装の青年が訪れたのは、昭和五年、日本が大陸への進出を謀り始めた春だった。

大きな背負袋《せおいぶくろ》を背負《しょ》って、よれよれの軍帽を被り、埃塗《ほこりまみ》れのゲートルを巻いた青年は、『菅野』

という玄関の表札を眺めながら、応対に出た富に尋ねた。

「——永山憲兵少尉殿のご家族のお宅は、こちらでよろしいのでしょうか？」

「はい……私は戦死した永山勝利の家内でございますが……」

その途端、青年は背筋を伸ばして踵を合わせ、富に向かって、指先まで真っ直ぐ伸ばした敬礼をした。

「自分は、支那駐屯軍臨時済南《さいなん》派遣隊所属室井三郎《むろいさぶろう》憲兵上等兵であります。五年間憲兵隊に勤務しましたが、この度除隊し、佐世保《させぼ》に上陸、帰還いたしました。憲兵隊では、永山少尉殿に一方《ひとかた》ならぬお世話になり、せめて線香なりと上げさせていただきたく、突然ではありますが、お邪魔いたしました」

直立不動の姿勢を崩さないまま申告をする室井青年は、実直そうな憲兵の面影を残していた。

「菅野富、旧姓永山富でございます」

お辞儀をした富が顔を上げると、ようやく室井は敬礼を解いた。

「今日は、永山少尉殿の件で、何としてでもお伝えしなければならないこともありまして、お邪魔いたしました」

「それはそれは、ご苦労様でございます。立ち話も何ですから、どうぞお上がりになってください。狭い借家ですが」

「それでは失礼いたします」

言い終わらぬうちに、室井は背負袋を降ろし、上がり框に腰を下ろすと、慣れた手付きでゲートルを巻き取り始めた。

十四　憲兵少尉

軍刀を携えた永山の遺影の前で、室井は線香に火を点け、手を合わせた。

富に向かって一礼すると、丸い小さな卓袱台に置かれた茶を一口飲んで、静かに語り始めた。

「自分は会津田島《たじま》での招集でしたが、御内儀様《ごないぎさま》と同じ福島県出身ということで、少尉殿には人一倍目を懸けていただきました。いつも、さぶ、さぶと仰って可愛がっていただきました」

「そうでしたか……」

「田島の自分の実家は水呑み百姓で、百姓でありながら明日の米にも困るような有様でして――」

「……お百姓さんはいつでも苦労ばっかりなんですねえ」

「自分は九人兄弟の四番目、三男でありますが、弟妹に腹一杯米を喰わせたいと思い、憲兵隊を志願いたしました」

「そうですか。憲兵隊は厳しいところだと、主人は申しておりましたが」

「はい、確かに。百姓仕事しか知らなかった自分は、大陸への赴任後、何をやらされても要領が悪く、上官や古参兵から昼夜を問わず殴られっ放しでした」

「まあ！」

「そんな時、いつも止めに入ってくれたのが少尉殿です。しかし、少尉殿がいなくなると、またすぐに鉄拳制裁が始まりました。それでも飯や被服の心配をせずに、俸給が支給されるだけましで、俸給は全額を一銭残らず田舎へ仕送りしておりました」

「御実家は助かったでしょうねえ……」

「毎月毎月十三円九十銭の俸給を手紙と一緒に、田島の実家へ送っておったのですが、手紙は検閲があり、具体的な地名や部隊名は書けませんでした」

「主人から聞いていました。自分の任務は軍機に属するからと。それで、主人からは……大陸に渡ってからは、一度も……」

　手紙も俸給も届かなかった、という言葉を、富は辛うじて飲み込んだ。愚痴になると思ったのだ。勝利には、勝利の立場や考えがあったのだろう。頑なに約束を守る男だった。

「自分の手紙の検閲官は、少尉殿でありました。俸給と手紙を入れた軍事郵便の封筒を少尉殿に差し出し、内容に問題がなければ、そのまま封をして実家に届けられる仕組みでした」

　聞いたことがあった。戦地からの手紙は、戦場や部隊名、人数や戦闘の状況はもちろん、内地への思慕の情が感じられるという理由でも、黒く塗り潰されたと。中には、検閲官が面倒くさがって、便箋全部を太筆《ふとふで》で黒塗りにして、届けられた手紙もあったらしい……

「昨日、帰還して初めて、ようやく田島の実家に帰り着きました。すると、家族皆が幽霊でも出たような目で私を見るのです。てっきり戦死したと思っていたようでした」

「戦死公報を受け取っていたのですね」

「いいえ」

「じゃあ、何故戦死したと思われたのでしょう」

「私が毎月欠かさず送っていた手紙と俸給が、突然、途絶えたからだそうです」

「どうして途絶えたんですか？」

「実のところ、私は、重慶《じゅうけい》で除隊するまで、一度も手紙と送金を欠かしたことはありませんでした」

「相すみません。仰っていることがよく理解できないのですが」

「いえ、私の方こそ説明が下手で——母の話では、私の手紙と俸給が届かなくなったのは、大正十五年の十二月からだそうです」

「大正十五年十二月！」

「はい。少尉殿がお亡くなりになった時からです」

「ということは？」

「……上官のことを悪くは言いたくないのですが……新しい指揮官となった特務曹長は、とかく評判が芳《かんば》しくなく、特に手癖《てくせ》が悪いから気を付けろと、憲兵隊の中ではひそひそと囁《ささや》かれていました」

「まさか、部下の仕送りに手を付けるなんて……」

「――自分だけではありませんでした。他の兵も、送ったはずの俸給が、実家に届いていないと申しておりました。それに比べて、少尉殿は――」

「正直だけが取柄のような人でしたから……」

　突如、室井が激しく被りを振った。

「私からの送金が、二十五円になっていたのです！　毎月毎月！　大正十五年の十一月まで！　少尉殿がお亡くなりになるまで！　私が軍事郵便に入れていたのは、間違いなく十三円九十銭でした。俸給が全て合わせてその額でしたから――どういうことか、お解りですよね」

　富は、ゆっくり大きく頷いた。いかにも勝利のやりそうなことだった。自分の目に狂いはなかった。勝利が瑠璃の父親でよかった。誇れる父親だった。

　隣の部屋に寝せておいた瑠璃が泣き出した。富は会釈をすると、襖を開けて隣の部屋へ入った。

十五　桐の箱

瑠璃を抱きかかえて茶の間に戻ると、室井が大きく目を見開いて尋ねた。

「そのお嬢さんはお幾つですか？」

「四歳です。瑠璃といいます。主人が戦死した時は、一歳前でした。病気で脚が動かず、立つことも歩くことも適いません」

瑠璃は訪問客が珍しいのか、室井の顔を見ると泣き止んだ。

「少尉殿は、いつも『自分には一歳前の子供がいる。女の子なのだが、これが実に可愛い。自分に似なくて、家内に似てくれてよかった』と目を細めながら仰っていました」

「瑠璃があとひと月で一歳になるという時、主人が戦死しました。どういう状況だったのか、未だに皆目《かいもく》、分からず……」

「実は、今日伺ったのは、正《まさ》にそのことでして……」

「はい？」

「これから話すことは一切、どなたにも他言無用にて願います！」

意を決したように言うと、室井は双眸《そうぼう》を光らせながら、正座したまま背筋をピンと伸ばした。

「大正十五年十一月から永山憲兵小隊は、支那の山東省済南で、日本人居留区の治安維持に当たっておりました……」

……済南は山東省の省都で、黄河の下流に位置し、黄海に面する大きな商業の街ですが、日本人を中心として、多くの外国人が居住していました。当時は蒋介石率いる国民革命軍・南軍と支那共産党の北軍が内戦状態にあり、治安はひどく乱れていました。無法地帯に近かったのですが、済南の言葉は北京語に近く、少尉殿は何不自由なく現地人と話ができていました。

――その日、十二月五日のことですが――

自分は、少尉殿と二人で、街灯の点った日本人居留区を臨検していました。夜八時位だったと思います。突如、激しい犬の鳴き声がしたかと思うと、銃声が響き、犬の悲鳴が上がりました。日本人居留区から、わずか先の支那人街からです。

少尉殿はすぐに走り出し、私も慌てて少尉殿の背中を追いかけました。暗い粗末な住宅街の、入り口で犬が死んでいる支那人の家に入ってみると、菜種油の行灯に照らされた薄暗い台所で、老夫婦が蹲《うずくま》って震えていました。

「怎麼了《ツェンメレ》？」

「日本兵《リベンビン》！　日本兵《リベンビン》！」

どうした？　と訊く少尉殿に、日本兵が！　と老爺《ろうや》が答えて、隣の部屋を指差しました。少尉殿は、直ぐに隣の部屋へ入ろうとしましたが、閂《かんぬき》が架けられていました。少尉殿は、軍靴で戸を蹴破って中に入りました。自分も少尉殿に続きました。

そこで目にしたのは、おぞましい光景でした——

二十歳位の支那人の女を、髭を生やした日本兵が床に押し倒して、力ずくで犯していました。

「停下《ティンクァ》！　停下《ティンクァ》！　禽獣《ギンショウ》！」

女は、発狂したように泣き叫んでいました。隣では二歳位の女児が、火が点いたように泣いていました。髭を生やした日本兵は軍曹の襟章を付けており、両脇に小銃を持った一等兵と二等兵が立っていました。

「何をしているッ！　止めろッ！　止めんかッ！　軍法会議だぞッ！」

少尉殿が軍曹の襟を摑んで、女から引き剥がそうとした時です。

ズドン！　ズドン！

二回くぐもった破裂音がして、軍曹の右手が当てられた少尉殿の腹から煙が立ちました。硝煙の臭いも漂ってきました。少尉殿は、腹を押さえてガクッと両膝を突き、前のめりに倒れました。腹を押さえた指の間から、太い蚯蚓《みみず》のような血が這い出していました。

軍曹は、少尉殿のホルスターから引き抜いた軍用拳銃を、今度は私の顎《あご》に当てました。火薬の臭いがする銃口が熱くなっていました。引き金に人差し指を架けたままでした。

「上官の後を追って死にたいか？　ええ？　憲兵さんよ」

首を傾げた軍曹が、ぎらつく眼で、舐め回すように私の眼を覗き込みました。私は、震えながら、首を横に振るのが精一杯でした。

「なら、何も観なかったことにするんだな。軍法会議なんてもんは、戦地では通用しないことぐらい、貴様だって解ってるはずだ」

自分は頷くことだけしかできませんでした。

三人は、第六師団第二十三連隊第二大隊所属の兵でした。軍曹は拳銃をベルトに差し込み、少尉殿の財布を抜き取ると、自分の懐に仕舞いました。

三人が立ち去ってから、自分は少尉殿の衣嚢から万年筆を取り出し、手首から腕時計を外しました。肩身の品をご家族に送ることが、卑怯者の自分にできる唯一の報いでした。

その後……少尉殿が支那人の民家に押し入って、女を犯そうとした時に拳銃を奪われて射殺された、という噂がたちました。大隊本部では、不名誉なこととして、秘密裏に戦死の手続きを取りましたが、少尉殿の人柄を知る憲兵隊では、誰もそんなことを信じる者はいませんでした。

「請原諒《ギエンユァンリャン》……」

これで勘弁してくれ――少尉殿は、部隊が支那人の家から糧食を強奪した後、いつもそう言って、持っている金や軍票を渡していました。特に小さな女児がいる家では、名前を聞いたり、頭を撫でたりして、顔を綻ばせていました。金も多めに渡したように思います。ご自身は酒も煙草もやらず、倹約していました。ですから、少尉殿は支那人から大変に慕われておりました。

子供には、何の罪もない。母親が子供を思う気持ちは、どこの国でも同じだ。日本も支那もない――それが少尉殿の口癖でした……

「そうでしたか……永山の最後の様子、詳細にお伝えくださいまして、深く感謝いたします。このこと、一切口外いたしません。室井さんも、これからはご自分のため、ご家族のために新しい生活を歩まれますよう」

……すみません。本当にすみません。自分が臆病なばっかりに、あれだけ世話になった少尉殿に何の恩返しもできず……あんなに素晴らしい少尉殿が死んで、獣《けだもの》のような人殺しの兵隊達が生き残って……

室井は袖口で涙を拭うと、畳に両手を突いて頭を下げた。

「この世の中には、理不尽なことがあるのですねェ。でも、いずれ借りや貸しは人生のどこかで巡り巡って、最後はその人の元に戻ってくると思いますよ」

富の言葉に、室井は小さく何度も頷いた。

……それから、万年筆や腕時計と一緒に送ればよかったのですが、万一の紛失を恐れて、自分が直接持ち帰った物がありまして……

室井は、内側の衣嚢からマッチ箱のような小さな桐の箱を取り出すと、両手で恭《うやうや》しく、富の前に差し出した。

「少尉殿が、肌身離さずお持ちになっていた物です」

富は、受け取った桐の箱の蓋を取った。干からびた蚯蚓——ではなかった……瑠璃の臍の緒——箱の裏に細筆でびっしりと書かれた米粒のような墨文字。時を経て薄れていた。

——永山瑠璃　大正十五年一月十七日生　東京府中野、繁田《しげた》産院　産婆太田留《おおたとめ》——

勝利が片時も離さず持っていたという瑠璃の分身……富が、どこかにいってしまったと諦めていた瑠璃の臍の緒を、勝利が持っていた。四六時中身に着けて。日本から大陸まで。瑠璃が臍の緒を切ってから、ずっと一緒に。勝利には、いつだって瑠璃の姿かたちが、面影に立っていたのだ。一歳児のまま——

富は、受け取った桐箱を遺影の隣に置いて手を合わせた……また一緒になれて良かったですね……

「こんなにも永山の意を酌んでいただきまして……誠にありがとうございました。長い間の胸の痞《つか》えが下りた気がいたします」

「自分も、これでお世話になった少尉殿に、わずかばかりでも、やっと恩返しができたかと思うと、多少肩の荷が下りた気がします」

室井は、畳に額を擦り付けんばかりにしてお辞儀をすると、瑠璃の顔を見て言った。

「お嬢さんは、少尉殿によく似ています。優しいお顔立ちがそっくりです」

「性格も似てくれるといいのですが……」

富は、心の底からそう願った。

室井は、背負袋から木綿袋に詰められた大量の米を取り出すと、拒む富に構わず卓袱台の横に置いて、そのまま帰っていった。

十六　瑠璃沼

　貧しい中で、富は瑠璃の成長だけを楽しみに生きた。例え、瑠璃が全く下肢を動かすことができなくとも――

　瑠璃の表情や言葉の発達に目を細めながらも、富は、時々瑠璃の障害を受け入れることができなくなって、悶々とすることがあった。何故、瑠璃だけがこんな不幸な身に。何も悪いことはしていないのに。私のせい？　私が他人の不幸に眼を瞑《つぶ》ってきたから？　その罰？　その報いなの？

　瑠璃は、自分の身に起きた不幸に気付かないまま、家の中だけを這って暮らした。しかし、身体と頭は歳相応の成長をみせ、言語能力は他より優れているように、富には思われた。

　そんなある日のこと……

「カアちゃん、ごめんな……」

「うん？　何のことだ？」

「ワタシなんかがウマれてきちまって……」

息が止まった！

「ワタシ、これからサキもずうっと、カアちゃんにクロウかけてイキていかねっかなんねのかい？」

「苦労だなんて、そんなこと……」

「そんだったらワタシ、イキねっていいんだよ」

「……」

「ワタシ、カアちゃんをナカせてまでイキたくないんだよォ」

「……」

瑠璃の言葉が、一言一言富の心に突き刺さった。目が覚めた。どうにもならないことで、いつまでも悲嘆にくれているわけにはいかなかった。目の前にいる瑠璃が、富の悲しみを掬い取ろうとしているのに。富の悲嘆は自分のせいではないかと案じているのに……瑠璃、違うんだよ。母ちゃんが悲しんでるのは、瑠璃に苦労をさせられているからじゃないんだよ。ただただ瑠璃に人並みに幸せになって欲しいからなんだよ。どうすればいいのか分からないから、苦しいんだよ……

裸になった落葉高木の群れが、斜めに光を透過させている。零《こぼ》れてきた気紛れな光が、奔放な煌めきとなって、遊歩道に散っている。

板屋楓《いたやかえで》の人手《ひとで》の形をした落ち葉が、登りの山道を埋め尽くしている。富が足を踏み出す度に、無数の鬱金色《うこんいろ》の葉が、シャラシャラシャラと軽く乾いた音を立てた。

摺り足で枯葉の感触を楽しみながら歩いて行くと、いつの間にか、敷き詰められた葉は、掌状《てのひらじょう》の葉に入れ替わっていて、色も紅緋《べにひ》の艶やかな赤へと変化していた。山紅葉《やまもみじ》が敷き詰められた細道は、真っ赤な絨毯を敷いたように真っ直ぐに葦原へと延びている。

葦原の中から、ギョギョシ、ギョギョシという大きな囀りが聞こえた。

富は首から下げた地図を見た。葦の生えた湿地には大葦切《おおよしきり》が棲み、昆虫を捕食するとある。裏磐梯は野鳥の宝庫でもあった。

湿地を回りこむと、突然、視界が開けた。目の前に碧水《へきすい》を湛えた沼が、深く青く静かに横たわって、磐梯山を映しこんでいる。沼の周囲は、碧宇《へきう》、碧雲《へきうん》、碧山《へきざん》、碧樹《へきじゅ》、碧波《へきは》、碧草《へきそう》——何もかもが碧《あお》かった。この世のものとは思えないほど……

瑠璃色の水際に白橡色《しろつるばみいろ》の葦が戦《そよ》ぎ、赤芽柳《あかめやなぎ》がゆっくりと揺れ、裏白樅《うらじろもみ》や栂《つが》の高木が緑の垣根を連ねている。沼は水深九メートルとあるが、その湖底が見えるほど水が澄んでいる。底から地下水が湧いているらしい。

ピッピリリ・ピールーリーリー・ジジッ……澄み渡った美しい音色が聞こえた……ピッピリ・ピリーリー・ピョイピーリー……優しいソプラノの囀り……ピールリ・ピールリ・ジジィ……口を窄《すぼ》めて秘かに奏でる口笛のようだ……

地図の説明を読まなくても察しがついた。この沼が瑠璃沼なら、野鳥は大瑠璃だ。ピッピリリ・ピッピリリ――雄《おす》は目も覚めるような紺碧《こんぺき》の色。まるで沼に染められたような深い青――


ピールリ・ピールリ・ピッピリリ――富は沼辺へと近付いた。葦を掻き分けて、手を水に浸《つ》けてみる。冷たく清冽な水。手が切れそうな鋭利な水。自分を浄化してくれそうな碧い色……ピッピ・ピピピピ・ピールリ・ピールリ――左足を沼の中に入れてみる。底の泥が舞い上がった。足が沈み込む。菊乃に借りた地下足袋を通して冷たさが伝わってくる。膝までの深さがあった。研ぎ澄まされた湧き水。右足も入れてみる。冷たい。一瞬にして熱が奪われた。氷の冷たさが気持ち良かった。ピッピ・ピピ……大瑠璃の囀りが途切れると、耳の底で演奏が始まった。

静かなトランペットの音色が、徐々に高まってくると、突如、多数の弦楽器が加わって荘厳な旋律が響いた。物悲しい音が重なり合ってゆっくり渦巻く……

左脚を進める。ザーッという音がした。右脚を運ぶ。ゴボゴボと水流が発生した。バイオリンの啜り泣くような音色。チェロの切ない弦の震え。沼の真ん中を目指す。水が太腿に達した。体温が奪われていくのが判った。沼が静かに富を誘《いざな》っている。フルートの憂いを帯びた独奏に管楽器の悲壮なメロディー……両手を拡げて均衡を保ちながら、なおも進んだ。沼の真ん中、澄み切った水中で繰り広げられる交響曲の切々たる憂い。腰から下の感覚が無くなった。暗く重く奏でられる管弦楽。悲しみの旋律。マーラー「交響曲第五番」……

……瑠璃、待ってて。もうすぐ母ちゃんもそっちに行くから。瑠璃だけ先に行かせて申し訳なかったけど……

生まれてこの方、何にも瑠璃が喜ぶようなことをしてやれなくて……せめて一度だけでも、瑠璃の腹の底からの笑い声を聴きたいと思っていたんだけれども……白無垢を着た瑠璃を一目見たかったんだけれど……

病気の進行に気付くのが遅かったんだ。母ちゃんの怠慢だった。乳児の頃、せっかく助けてもらった命だっていうのに。すまね。すまね。本当にすまね。今、母ちゃんにできるのは、瑠璃に詫びることだけだ。こうして詫びることしかできねえ……

水が胸まできた。濡れた熊鈴が一回だけシャリと鳴った後、水没して黙り込んだ。もうすぐだ。暗く哀しい行進曲が聴こえている……この楽章が終われば、もうすぐ瑠璃に……

キャーッ！　水面を太い縄がくねっていた。褐色の縄は、身体をくねらせながら富の方へ向かってくる。五十センチもある焦茶色の胴が膨らんだ蝮《まむし》！　三角の頭で、胴体に丸い文様《もんよう》が連なっている。ヒーッ！　来ないでッ！　あっちへ行って！

円舞曲を舞うように身体を反転させた。水の抵抗を受けながら必死になって岸を目指す。思うように進まない身体が歯痒かった。怖くて後ろを振り返れない。早く！　早く！　早く！

やっと岸辺に辿り着いた。両手で力一杯葦を握って、身体を岸に引き上げる。音楽が止んだ。沼が沈黙した。蝮は葦の根方へと姿を消した。全ての音が消えた途端、大瑠璃のけたたましい囀りが沼全体に響いた。

ピールリ・ピールリ・ピッピ・ピールリ――ピッピリリ・ピールーリーリー・ジジッ・ピョ

イピーリー・ピッピ・ピピピピ・ジジッ・ピピピピピピピピピ……母ちゃん……
大瑠璃の大合唱が人の声へと変化した……

……母ちゃん、だめだよ。生きなくちゃだめだよ……
そんなことまでされて、母ちゃんと一緒になれたって、ワタシ、ちっとも嬉しくなんかないよ。悲しいだけだよ……だから、止めておくれよ。後生だから……

富は岸辺で震えていた。歯の根が合わない。寒さのせいだけではなかった——

瑠璃沼からの帰り道を、どう歩いてきたのか、記憶がなかった。震えながら、びしょ濡れで玄関に立った富を見て、誠が大慌てで風呂を沸かした。菊乃が背中から褞袍《どてら》を掛けて、富の背中を力一杯擦った。誠が、まだ微温いけど入っている間に沸くから、と言ってきた。風呂場に行ったが、震えは止まらず、富は濡れて張り付いた衣服を脱ぐのに手間取った。菊乃に手伝ってもらって、やっとのことで衣服を脱ぎ、微温めのお湯に浸かると、鳥肌が立っていた肌が滑らかになった。震えが止まった。皮膚がお湯の熱さを吸収して、身体がじんわり温まる。生き返った。富が風呂に入っている間に、菊乃が着ていた物を洗濯し始めた。お湯が熱くなってきて、額に汗が浮かんでくる。

富は風呂に浸かりながら、瑠璃沼の出来事《できごと》を思い返した。現実とは思われなかった。夢、邯《かん》鄲《たん》の夢、幻……風呂から出ると、澄んだ冷気が身を引き締めた。

瑠璃の間に粥と生玉子と梅干が用意してあった。粥を食べると腹が温まり、梅干が意識を覚醒させた。生玉子は貴重品であったが、食べられなかった。

瑠璃沼に落ちてしまいまして——富の言葉を、二人は素直に信じたようだった。

十七　勘定

　洗濯してもらった衣類を晒《さらし》に包み、油紙と新聞紙にくるんで旅行鞄に仕舞った。鞄を持って帳場へ行くと、暖簾を分けて声をかける。急いで出てきた二人に、静かに頭を下げた。

「重ね重ねお手数をおかけしまして。ありがとうございました。本当に」

　世話になった礼を言って、宿代を払おうと、懐中から蝦蟇口《がまぐち》を取り出す。

「いえいえ、大したこともできませんで。あ、お代の方は既に済ませていただいておりますから」

　誠が慌てて両手で富を制した。

「え？　それは一体何方《どなた》が」

　富の問いに、誠が自信なさそうに答える。

「え、えーと、お嬢様ではございませんか。年の頃、十七、八の」

「色白で大人しそうな娘さんでした。少しばかり古風でしたが、正絹らしい振袖に西陣《にしじん》の帯がお似合いになっていて」

菊乃が女らしい感想を述べた。

「着物の柄は、着物の柄はどのような柄でしたか」

「ええと、確か瑠璃色の地に白や桜色の大きな蓮《はす》の花が一杯咲いていて――」

「蓮の花ですか」

「は、はい。上質物のようでしたが、若い娘さんにしては珍しい文様だなと。もっとも私なんかには、着物の善し悪しはてんで解りませんで」

菊乃が自信なさそうに答えた。

「そうですか。娘が来たのは何時頃でしょうか」

「二時間位前でしょうか。もうそろそろ菅野様がお帰りになる頃だと思いましたので、上がってお待ちになるように、と勧めたのですが」

誠がしくじったというように、恐縮しながら言った。

「一緒にいられない訳があるんです、と仰って」

菊乃が説明を付け足した。

「そうですか……」

富が落胆していると勘違いした菊乃が、慰めの言葉を口にした。

「どんな事情があるか解りませんが、今は一緒に住めなくとも、いずれは一緒に暮らせる時が来るでしょうから」

「そうですね……」

菊乃には富が少しだけ気を取り直したように見えた。

「ア！　足元は、足元は、どうなっていました？」

富が大切なことを聞き忘れていたというように、訊いた。

「ええと……白足袋《しろたび》に桐下駄《きりげた》だったような、いや赤い塗下駄《ぬりげた》――」

「違うべした。五枚甲馳《ごまいこはぜ》の足袋に、肌色の品のいい草履だったんだよ」

誠の言葉を、菊乃が呆れたように打ち消した。やはり、着物に関しては菊乃の方がよく覚えているようだった。

「足が悪いような様子はなかったでしょうか」

「いいえ、そんな素振りはちっとも。ピンと背中を伸ばして、菖蒲《しょうぶ》のように真っ直ぐ立って」

「立っていましたか……」

富は納得したように頷きながら、左肩に黒い肩掛け鞄を懸けると、右手で旅行鞄を引き寄せた。玄関へ下りて、誠と菊乃の目を見ながら一礼する。

「この度は大変お世話になりました。誠にありがとうございました」

慌てて玄関へ下りてきた誠と菊乃も、深々と頭を下げながら答える。

「こちらこそ、ありがとうございました。ちっとも気の利いたもてなしができませんで。これに懲りずに、春にでもなって陽気が良くなりましたら、またお越しになってください」

「はい、その時はまた、是非お世話になりたいと思います」

富が持ち上げた旅行鞄を、誠が慌てて持とうとした。

「停留所までお持ちしましょう」

「いえ、下りの山道ですし、ゆっくり歩いて行きますから大丈夫です」

「そうですかぁ」

誠が心配そうにしながらも、鞄の握りから手を離した。

富が会釈して玄関を出る。表へ出た誠と菊乃が並んで深々とお辞儀をした。

富は振り返ることもなく、歩き続けた。右手下方に、毘沙門沼の端だけがわずかに見えた。太陽を受けた水面がキラキラと光っている。沼は実際には、背後の山裾に長く大きく拡がっていて、そこでは目映いばかりに波光が煌めいているはずだ。

ピョー・ピョー・ピョ・ピョ……ピョ・ピョ・ピョ・ピョ……

ピョー・ピョー・ピョ・ピョ……ピョ・ピョ・ピョ・ピョ……

緑啄木鳥《あおげら》だろうか。三拍子の口笛のような囀りが、シュトラウスの円舞曲と同調した。

富の足の運びが軽くなった。目の前に、沼の反射を受けた瑠璃が現れた。蓮の着物を着た瑠璃は、腰で手を組んで、富の顔を見つめながら後ろ向きに歩いた。

「母ちゃん……」

「ん、何だ?」

「楽しかったかい……」

「うん。楽しかったよ。宿代、払ってもらって済まなかったね」

「いいんだよ。他に使い途もないし……」

「瑠璃に逢えてよかった」

「そうかい……ワタシに逢いたくなったら、いつでも来な。ワタシはずーっとあそこにいるよ」

「そうしようね」

「だから、死のうなんて考えたら駄目だよ……」

「そうだね。母ちゃんが意気地なしだったね」

「そうだよ。ほら、もうすぐ停留所だよ……」

「本当だ。もういいよ、送らなくても。瑠璃ももうそろそろ帰りな」

富の視線の先に停留所が見えた。停留所まで来ると、直径一尺の丸い金属の看板がぐらぐら揺れた。看板の揺れが収まると、富は、身体の脇を擦り抜ける影の気配を感じた。鼻先で、瑠璃が使っていた洗顔パスタの匂いがした。爽やかな匂いが富を包み込んだ。

富の瞼に、沼の反射に輝く瑠璃の笑顔が浮かんだ。


遠くから木炭バスが土埃を上げながら、ガタゴト走ってくるのが見えた……

参考文献

「野鳥の図鑑」　藪内正幸　福音館書店
「野山の樹木観察図鑑」　岩瀬　徹　成美堂出版
「日本の山野草」　岩瀬徹・安藤博　成美堂出版
「日本の森あんない　東日本篇」　石橋睦美　淡　交　社
「山野草ポケット図鑑」　月刊さつき研究社

竜沼

一　バス停留所

筒型の石油ストーブが焚かれている駅舎を出ると、空気が冷たく引き締まっていて、雪に平伏《ひれふ》した街並みの向こうに単独峰が聳《そび》えていた。

突然視界に飛び込んできた碧《あお》い雪山に、スキーを担いだ大勢の客は、言葉を失った。山頂は雪煙が上がっていて、その後ろの空の青さが際立っている。凄みさえ感じさせる高峰は、尖った頂が天を切り裂き、直下の岸壁を疾風《はやて》が駆け上がっていく。舞い上がる風が、雪を蒼空へと吹き上げている。白い竜巻がうねりながら空へと上昇していた。

スキーヤーは、無力感に襲われながら、スキー場行きのバスへ向かった。誰もが項垂《うなだ》れて無口だった。荘厳な山岳に圧倒されて、瑣末《さまつ》な自分を否応なしに意識させられる。自分があまりにも小さく感じられた。自分だけではない。人間とは何とちっぽけな存在なのだろう――

私もそうだった。初めてこの駅に降り立った時の印象は……

典子《のりこ》もバスに乗り込むスキーヤーと同じで、最初は不安が先に立った。いや、むしろスキーヤーよりも強い恐れを抱《いだ》いていた。初めての雪国。初めての東北。雪に埋もれた、這《は》い蹲《つくば》ったような街。ゴーゴーという風の音に身を竦《すく》める家々。ブルンブルンと震える電線。歩いている人さえいなかった。まだ昼を過ぎたばかりだというのに。

雪原が拡がる中を、真っ直ぐに延びる道。雪のでこぼこで左右に揺られながら、バスは川を横切り、林へ入り、くねくねと曲がりながら高度を上げていく。林が途切れて、視界が開ける。遥か下界に横たわる湖は、無邪気にキラキラと輝いている。

スキー場に着いた。カラフルな衣装のスキーヤーが次々に滑ってくる。華やかなゲレンデ。冬のオリンピックで作られたフランス映画の音楽が流れている。恋を歌うシャンソン風の甘い旋律。フランス語の女性ボーカリストの哀愁漂う歌声が、スピード感のあるピアノ連弾に変わる。疾走するメロディー。飛翔する男声合唱。やがて飛躍するジャンパーのようなスローテンポに……

派手な服装のスキーヤーが、ガヤガヤとバスから降りる。バスの後ろのスキー立てからスキーを抜き出すと、スキーを担いでぞろぞろと三角屋根のロッジへと向かう。鎖で繋がれた囚人のように――

スキー場を出ると、バスの乗客は三人になった。バスは喘《あえ》ぎながら登ってきた道を、傾斜に任せて降《くだ》っていく。幹線道路に行き当たって、左折する。山間《やまあい》の奥を目指してひたすら走る。四十分もバスに揺られないと辿り着けないという終点に向かう。途中の鄙《ひな》びた出《い》で湯《ゆ》で老婆が降りた。丸まった背中に苦労を背負《しょ》って。

バスは我が道のように、雪道を走る。雪が舞い始めた。閉鎖された小さな牧場の前で、年配の男が降りる。家畜がいなくなった牧場に何の用があるのだろう。男が家畜に見えた。

この先はどうなっているのだろうか？　集落は？　店は？　公衆電話は？　心配そうな典子を気遣って、初老の運転手が室内ミラーを見ながら話しかけてきた。

「あどすぐだがら。あど、五分もすっと五色沼《ごすぎぬま》入口だがら」

訛《なまり》の強い運転手の言葉が、典子を安心させた。窓の外は、強まった雪で白くなっている。人も自然も純朴そうだ。

長いワイパーが忙しく動く。ワイパーで雪を払われたガラスの領域が、世界の全てだ。

バスが何の前触れもなく、左側の雪の中に入って止まる。前方に四阿《あずまや》がある白いだけの広場。四阿の下に背の低い人影がある。終点のバス停留所「五色沼入口」は、雪に覆われた山裾《やますそ》の空き地にあった。公衆電話は見当たらない。宿へ連絡しなくていいだろうか。

四阿の下のくすんだヤッケの男が近付いて来る。中年の男は、バスから降りた典子を見ると、歩を早めた。小柄なのに健脚だ。眼前で深々と腰を折る。

「こんな山の中の宿へようこそ御出でくださいました。名ばかりの支配人で番頭の髙澤誠《たかざわまこと》でございます」

丁寧で温かい言葉遣い。安心した。出迎えがあるとは思っていなかった。

「岩橋《いわはし》典子です。この度はお世話になります」

背中に背負ったリュックに注意しながら、お辞儀を返す。

誠はさらにバスの運転手にも声をかける。

「ツー兄《あん》つぁ、御苦労さんだったなぁ。これ、少しばっかだけんじょ」

誠は、大きく膨らんだヤッケの胸ポケットから、黄緑色のゴールデンバットの一カートンを出すと、バスのステップに昇って勉《つとむ》に手渡した。

「いやいや、いっつもすまねごとな。バットは安いもんだで、煙草屋でも中々仕入れらんにだど。専売公社も、もちっと庶民のごと考えでもらいっちもんだげんちょな」

二人の会話から、バス停終点にある旅館の番頭と、バスの運転手とは、気脈を通じているらしいことが分かった。お互いに何かと融通し合っているのだろう。

リュックを持つという誠の申し出を辞して、典子はゆっくりと誠の後を歩き始めた。雪の上にさらに積もり始めた新雪の感触が新鮮だった。初めての雪道は、自分の足跡をつけることができて楽しかった。背後に十九年間歩んだ典子の人生が、くっきりと残っている。そして、それはどんどん延び続ける。脚を止めない限り……

二　旅　館

降りしきる雪の間から、緑色の屋根、赤茶色《あかちゃいろ》の壁の旅館が見えた。誠の説明によると、周囲の赤松《あかまつ》の色に似せたのだという。赤茶色の壁は赤松の幹。緑色の屋根は赤松の枝の緑。旅館の建築許可を取る時に、厚生省から色まで指定されたのだそうだ。

坂を登る息が白い。平たい小山の上にある寄棟《よせむね》屋根の旅館は、雪囲いがしてあった。玄関や窓には杉板が簀子状《すのこじょう》に張ってある。目隠しをされた牢獄のようだった。

暗い玄関に入ると、帳場から割烹着姿の膨《ふく》よかな四十歳位の女が飛び出してきた。

「まあまあ、ようこそお出でくださいました。女中の高澤菊乃《きくの》でございます。誠の家内です。こんなですから蚤《のみ》の夫婦なんて言う人もいますけんど。今日はこんな辺鄙《へんぴ》な山の中へ、雪の時季にお越しいただいてありがとうございます。雪囲いもしてしまいまして、昼間でも暗くって。若いお嬢さんが楽しめるところかどうか、心配ですが」

「いえ、大丈夫です。写真を撮りに来ただけですから」

「そうですか。夏と紅葉《こうよう》の時期は、それこそわんさと観光客や写真家が押し寄せるのですが。ささ、どうぞお上がりください。どうぞ、どうぞ」

菊乃は言い終わらないうちにスリッパを差し出した。

誠は、典子が降ろしたリュックを上がり框《かまち》に運ぶと、帳場から部屋割りを取ってきた。部屋割りを示しながら、説明する。

「客室は全て二階なんですが、この竜沼《たつぬま》では如何《いかが》でしょう。この時期ですから他の部屋も全て空くことは空いているんでございますが」

「一人ですからその部屋で充分です」

竜沼は、六畳の広さだったが、八部屋ある客室の中では、柳沼《やなぎぬま》と並んで一番狭かった。

「ア、いえ。あの、狭い部屋のほうが暖房が効いて、暖まるのも早いものですから」

「そうですか。お気遣いありがとうございます」

典子は気が置けない二人の言動に、温もりを感じた。

竜沼は、石油ストーブが焚いてあり、暖まっていた。

翌朝は、抜けるような青空なのに、キラキラと雪が舞っていた。上空の軽くて落下速度が遅い雪片が、風に流されて雲のない毘沙門沼《びしゃもんぬま》一帯に雪を降らせていた。

典子は朝食を済ませると、アノラックに毛糸の帽子、バックスキンの手袋、長靴という出立《いでた》ちで、リュックを背負ってバス停に向かって下って行った。胸に一眼レフカメラを幅広のストラップでぶら下げている。二、三メートル前を誠が歩いていた。


五分程でバス停に着く。白いボディーに赤と青の二本のラインが入ったバスが、エンジンを掛けたまま停まっていた。上の赤いラインは磐梯山、下の青いラインは猪苗代湖を表しているという。乗客は誰もいない。誠と典子に気付いた勉がバスの扉を開けた。誠が運転席近くまで乗り込む。


「ツー兄つぁ。お早うさん」

「ああ、マコちゃん。お早うさん。昨日はどうも」

「頼みがあんだけんじょ。今朝は吐出《はきだし》に行く前に、ちっとばかし遠回りしてくんにかな」

「どこだべ？」

「蛇平《へびだいら》。このお客さんが袈裟平《けさへい》さんのとこさ行きてんだと」

「いいよ。袈裟平さんのとこさ回っても吐出さ着くのは五、六分しか違わねべ」

「悪《わ》りなあ。助かるよ」

「構わね。お互いさまだ。んじゃ、そろそろ出発時間《すっぱつずかん》だから」

誠と入れ替わりに典子が乗り込んだ。扉を閉めたバスが動き出す。

頭を下げる典子に、誠もお辞儀をして手を振った。誠はバスが見えなくなるまで手を振り続ける。人が好《よ》さそうだ、と典子は思った。


五分程走るとバスが停まった。二十数戸の集落の外れに袈裟平の家はあった。

「あそこが袈裟平さんの家だから」

道路から奥まった雪の中に萱葺《かやぶ》きの家が見えた。

吐出分までの硬貨を運賃箱に入れ、礼を言って典子はバスを降りた。

三　袈裟平

雪囲いがしてある暗い玄関に、新聞や郵便受けらしい蓋《ふた》付きの桐箱があった。鑿《のみ》で荒々しく名前が彫ってある。『小椋袈裟平《おぐらけさへい》』——

玄関引き戸の脇には、先の尖ったのや、四角いのや、大きな馬蹄形《ばていけい》のや、何丁ものスコップが立て掛けてあった。大きな筒型の藁沓《わらぐつ》のような雪踏みらしき物もある。玄関庇《げんかんひさし》の下の太い鉤《かぎ》釘《くぎ》に、二足の輪樏《わかんじき》が吊るされている。猟師の匂いがした。

「すみませーん。ごめんくださーい」

大きな曲屋《まがりや》の湿った引き戸を叩く。くぐもった打撃音は心細く、中に届いた気配はなかった。バックスキンの手袋を外して、右拳《みぎこぶし》の中指第一関節で強く叩いてみる。コンコンコンコン！

「ごめんくださ……」

唐突に戸が開いた。焦った。目の前に鍾馗髭《しょうきひげ》を生やした大柄な男がいた。

「あ、あの、岩橋、岩橋典子といいます。手紙を差し上げた——」

「入れ」

土間から続く板張りの居間。真ん中に囲炉裏《いろり》が切ってあり、煤けた竹筒の自在鉤が吊るしてあった。自在鉤の先の鉄瓶《てつびん》からは、もうもうと湯気が出ている。

「上がれ」

袈裟平は、突っ掛けた杉下駄を脱ぐと、典子の方を見ようともせず、囲炉裏端の縄座布団に腰を下ろした。胡坐をかいた袈裟平の分厚い胸。雪焼けした顔。節くれだった大きな手。太い脚。黒くて厚い足袋。

神棚に横たえられた上下二連の黒光りする猟銃……


「座れ」

典子は、胸の一眼レフを外してリュックを下ろすと、向かい合って正座し、両手を突いて挨拶した。

「この度は、無理なお願いを聞いていただきまして、ありがとうございました……コレ、つまらない物ですが……」

リュックの中から、名の通った店の羊羹の箱を取り出した。おずおずと差し出す。

「甘い物がお好きかどうか、分からなかったのですが」

「すまね。甘いもんは好きだ。酒は呑まね」

「良かったですぅ。よろしくお願いします」

典子は、ほっとして頭を下げた。無愛想だが、悪い人ではなさそうだ。そもそも人が悪かったら、雑誌で見たというだけの写真短大の女子学生の要望に応えてくれるはずがない。

鉄瓶を外して、茶を淹れる袈裟平は、裏磐梯最後の猟師として、数ヶ月前の写真雑誌に紹介されていた。典子は袈裟平の姿を記録して、来年の卒業制作にしたいと思った。出版社に訊いて、袈裟平に手紙を出した。

袈裟平からの返事は、簡潔だった。

『分かった。ただし、条件がある。

猟の邪魔はしねこと。遅れても自分で責任をとること。危険は覚悟すること。

余計な写真は撮らねこと。余計なことは訊かねこと。余計なことは言わねこと』

袈裟平が淹れてくれた渋い日本茶は、熱くて旨かった。

典子は袈裟平の家を辞すると、蛇平の集落へ向かった。集落とはいえ、家屋は一戸一戸が離れていて、どの家にも、雪に埋もれた畑や梅、栗、柿などの樹木があった。柿の木には、高い梢の先に取り残された朱色の実が生《な》っていた。

何かで読んだことがあった――お助《たす》け柿《がき》――餌が無くなる冬、野鳥のためにわざと一部を収穫せずに残しておくのだと。自然界は決して人間だけのものではないのだと。いや、人間こそ後発者であり、本当はもっともっと自然に対して、謙虚にならなければならないのだと。その通りだと思った。

昼近かったが、蛇平の集落には、食事ができそうな所はなかった。旅館に戻って、昼食を頼んでみよう。駄目だったら駄目で、夕食まで我慢すればいい。

袈裟平の家から毘沙門沼を見下ろす旅館までは、歩いて三十分かかった。しかし、明日から袈裟平の猟に同行して撮影することを想像すると、使命感や緊張が先にたち、三十分の歩きは少しも苦にならなかった。

四　昼　飯

旅館に着くと、誠が口を動かしながら慌てて出迎えた。

「……お帰りなさいませ。すみません、昼飯《ひるめし》の最中だったもんで」

「いえ、袈裟平さんの用事が早く済んだものですから」

「そうですか。あ、ところで昼飯は？」

「まだなんですけど」

「じゃあ、私達と一緒にうどんはいかがですか。田舎の野暮ったいうどんで、東京の娘さんの口に合うかどうか、分かりませんが」

「ありがとうございます。では、遠慮なく。先に荷物を置いてきます」

言い終わらぬうちに、誠が調理場の菊乃にうどんを足すように声をかけた。典子が手袋を外し、帽子を脱ぎ、長靴を揃えている間に、上がり框のリュックを持って、さっさと二階へと上がる。素早い身のこなしが羚羊《かもしか》のようだった。

誠は、竜沼の押入れの前にリュックを置くと、窓際の石油ストーブに火を点けた。座卓には、日本茶の他にインスタントコーヒーも置いてある。その心遣いが嬉しかった。

「お湯はさっき持って来たばかりで、まだ冷めてはいないはずですが。インスタントで申し訳ありません」

「いえ、嬉しいです。ちょうどコーヒーが飲みたいと思っていたところだったので。東京のアパートでも、いつもインスタントコーヒーでした。お昼が済んだら、早速いただきます」

「昼を食べ終える頃には、部屋も暖《あった》まっているでしょうから」

一階に降りると、誠に続いて典子も調理場へ入った。瓦斯《がす》に掛けられた大振りの弦鍋《つるなべ》からもうもうと湯気が立っていた。調理場の隅の飯台《はんだい》で、うどんを食べる。豚肉や油揚げ、大根、人参、葱《ねぎ》、舞茸《まいたけ》、椎茸《しいたけ》が入った味噌味のうどんは、熱く、もっちりした歯応えで、典子の食欲を満たした。普段は小食だったが、大きな丼の底が見えるまで、きれいに平らげた。

うどんが典子の身体を温め、誠と菊乃の人柄が、典子の心をほんわかさせた。

ひとしきり誠と菊乃の馴れ初めを聞いたり、写真撮影の目的などを話しているうちに、冬の日差しは傾いて弱くなっていた。

部屋に戻った典子が、コーヒーを飲みながら、セーム皮とブロアーで一眼レフの交換レンズを磨いていると、菊乃が風呂の支度ができたことを告げに来た。

「……季節はずれの民宿みたいな宿ですが、その分、気を遣う必要もありませんから、ゆっくりしていってくださいね……」

「はい、ありがとうございます」

一階突き当たりの風呂は、手足を伸ばせる広さで、かじかんでいた筋肉がゆっくりと解《ほぐ》れていった。目を閉じると、自然に雪の景色が浮かんできて、典子は雪国にいることを意識しなくなっている自分に気付いた。雪の中の暮らしは、静かで平穏で心地よかった。じんわりと伝わってくるのは風呂の熱さだけではなく、人の温かさだった。雪国は温かい。


風呂から出ると、浴衣と丹前《たんぜん》を着た。廊下は冷え込んでいる。急いで部屋に戻ると、誠と菊乃が、座卓に代えて設《しつら》えた炬燵《こたつ》の上で夕食の器を並べていた。

「こんな山の中なもんですから、若い方は何が好みなのかさっぱり分かりませんで」

誠が戸惑いながら言う。炬燵板には、公魚《わかさぎ》の唐揚げ、鯉《こい》の旨煮《うまに》、洗い、茶碗蒸し、筍と鰊《にしん》の煮物、舞茸の吸い物などが並んでいた。菊乃が飯を装う。

「すごい！　お祭りのご馳走みたい」

「田舎のごった煮祭りですよ」

アハハハハ――菊乃の返答に三人同時の笑いが出た。

五　熊撃ち

次の日から連続十一日間、典子は旅館で握り飯を作ってもらうと、リュックを背負い、歩いて袈裟平の家に通った。袈裟平の家に着くと、猟に出る袈裟平の背中を追って、懸命に一眼レフのシャッターを切り続けた。時には、獲物を追って早足になった袈裟平に置いてきぼりをくうこともあった。袈裟平が、茶色に変色した莢蒾《がまずみ》の実を喰っている兎を狙った時のこと。典子は離れた所から発砲寸前の袈裟平の表情を、望遠レンズで狙った。袈裟平の鋭い眼光。今だ！カシャッ！　シャッター音と同時に兎が顔を上げた。間髪を容れず、脇に飛び跳ねて逃げ出す。一瞬にして緊張が解け、虚しい空気が漂った。袈裟平は悲しい眼をして、その日は猟を止めた。兎はどんなちっぽけな物音でも聞き逃さねえんだ、でねえと命を落とすから……

袈裟平が熊を仕留めた時は、思わず身震いした。樹齢二百年を超す椈《ぶな》の巨木の数十メートル手前で、袈裟平は突如、脚を止めた。雪を踏んだ大きな足跡があった。そこからは、そろりそろりと慎重に歩を進める。薄く積もった雪の上に、平べったい窪みが続いている。微かな凹みが椈の脇を通って、山の斜面を登っている。

しかし、袈裟平は山の上へと続く足跡には目もくれず、椈の根方の五メートル上方で息を殺していた。気配を消し、耳を澄ます。上下二連の猟銃を背中から抜くと、静かに二発の長い銃弾を装填した。そっと根方に近付く。生き物の気配を探る。空気が張り詰めた。熊はまだ穴に入ったばかりで、冬眠していない。

――永い沈黙。突然、ゆらゆらと黒い影が立ち上がった。袈裟平に向かって熊が踊り出た。距離、三メートル五十。ズドン！　熊が動きを止めた。斜面を逃げるように転がっていった。平らになった雪の上で回転を止めると、そのまま動かなくなった。雪が赤く染まった。猟銃の発射音は一発しか聞こえなかったが、上下二連の銃口からは、どちらからも青白い煙が立ち昇っていた。袈裟平の顔は歪んでいた。


「何故熊が、椈の根方の塞がった穴にいると分かったんですか？」

「椈を過ぎてからの足跡は、それまでの足跡より少しばかり深かった。熊が同じ足跡を通って、椈の根方の穴まで戻ってきたんだ。熊の知恵は凄い。熊に限らず、獣は賢いもんなんだ」

話を聞いて、典子は自然の営みの奥深《おくぶか》さに衝撃を受けた。袈裟平も動物も、自然の中で根を張って生きている。自分と自分以外のものとの命のやり取り。山の神様は確かに存在する。神様が微笑んだものだけが生き残る。袈裟平は神聖な世界に棲んでいた。

最終日は新雪が三十センチにも達し、貸してもらった樏《かんじき》を履いても上手く歩けず、雪の中でもがき続けた。典子が持参した二十四枚撮《ど》りのモノクロフィルム三十本が、残り四本になったところで撮影が終了した。手応えは感じていた。モノクロフィルムには、袈裟平の人生の一部が、しっかりと定着しているはずだ。ファインダー越しの典子の眼を通して。ありのままに。山から命を戴いてくる一人の真摯な人間の姿が――

六　嘘

　雪はやわらかく、優しいと典子は思うようになった。一年前の撮影時にはない感覚だった。醜い部分は雪が黙って覆い隠してくれている。

　雪に覆われると尖った杉の木が、真綿でくるまれたように、ふっくらと見えた。野山を、川岸を、林を、田を、畑を、道を、家を、真っ白な雪がこんもりと緩やかな曲線を描きながら包み込んでいる。

　白い布団を被ったような景色。音は降りしきる雪に吸収されて聞こえず、静寂を破るものもない。

　たった一年前の撮影が、随分と昔のことのように思われた。しかし、今年になってからは、訪れた二回とも袈裟平から肝心な部分の話を聞けないでいた。

　入母屋造の大きな屋根が、雪をいただいて小山のように丸くなっている。昔話に出てくるような典型的な旧家。前庭の小さな笹の葉に積もった雪は、兎の毛のようだ。懐かしさが込み上げてくる。

今日こそは聞かせてもらおう……今までの人生を。家族のことを。

雪を踏みしめる長靴が、キュッキュッと鳴った。冬は一日に三本しか通らない終点のバス停で降りてから、二十五分が経っている。しんしんと降る雪。水分の少ない軽い粉雪。典子のアノラックをサラサラと雪が流れる。空から落ちてきたままの純粋な結晶。

背中のリュックと、肩から下げたカメラバッグが白くなっていた。山間の道の両側に民家が並ぶだけの、民話にでも出てきそうな集落。集落が途切れると、細く長い雪道が薄の原を横切り、水楢や椈の林になって、その先にぽつんと一軒、袈裟平の家がある。

三回目の今日は何としてでも、話してもらわなければならない。袈裟平の経歴を聞かせてもらわなければならない。でないと、高いお金を払ってテープレコーダーを買ってきた意味がない。巻末に袈裟平の歩んできた道を、正確に記載する。それで初めて、一人の人間の生きた証となるのだ。写真集は、写真だけでは完成しない……

蛇平の集落から離れた一軒家。百十余年も前に建てられた大きな曲屋。伸びやかに張り出した萱葺きの切妻屋根《きりづまやね》。漆喰《しっくい》の白と柱の焦茶《こげちゃ》が対照的な真壁《しんかべ》。無駄を省いた端正な家。見慣れた風景。

そこで暮らしたもの、そこに運び込まれたものの命の残影。人の命、馬の命、牛の命、豚、鶏、兎、その他の獣の命も。厳然と築き上げてきた佇まいと重量感。周囲を睥睨《へいげい》する家に対して、典子は近頃、訪れる度に畏怖《いふ》の念を抱くようになった。家は主《あるじ》に似てきた。袈裟平は、典子が家族のことを尋ねると、苦虫を噛み潰したような顔をして黙ってしまうのだ。


「……ごめんください」

玄関から遠慮がちに声をかけた。返事はなかった。代わりに柴の爆ぜる音がした。囲炉裏の火は焚かれているらしい。

「ごめんくだ……」

突然、引き戸が開けられた。袈裟平が立っていた。七十になっても背筋が伸び、鋭い眼光が大柄な身体をより大きく見せた。

「まだ来だのが」

「ハイ。写真集ができたので届けに」

「入れ」

袈裟平はくるりと背を向けて、家の中へ返した。典子は戸を閉めると、袈裟兵に続いた。

「上がれ」

袈裟平は居間に上がると、囲炉裏の前にどっかと腰を下ろした。

「おじゃまします」

典子は、囲炉裏を挟んで袈裟平の向かいに座った。リュックから一冊の写真集を取り出す。

袈裟平は柴を五、六本まとめて握ると、力任せにへし折って囲炉裏にくべた。


典子は写真集を差し出した。

表紙写真は、雪の原野を歩く袈裟平の背中、遠景。足跡が延々と続いている。墨痕鮮やかに太筆《ふとふで》の題名『裏磐梯最後の猟師〜小椋袈裟平〜　岩橋典子』。白と黒の世界。

「おかげさまで無事完成しました。卒業制作審査作品として、短大から優秀賞を貰いました。袈裟平さんのおかげです。どうもありがとうございました」

袈裟平は黙って写真集をめくっている。袈裟平の目に、被写体となった猟師・小椋袈裟平はどう映っているのだろうか。


「よぐ撮れでる。俺ではねえみでえだ」

「被写体が良かったんです。袈裟平さんも自然も雪の季節も……」

「だども……目がきれえ過ぎる」

「エ？」

「俺の目はこだに澄んでねェ……」

「でも、これは実際の写真ですから。修正は一切加えていませんッ！」

「んだらば、オメさんの写真は嘘だってごとだッ！」

袈裟平が写真集を典子の前に投げてきた。石で頭を殴り付けられたような衝撃を受けた。写真集を開いてみる。


表紙をめくると、見返しは黒地に白で、『裏磐梯最後の猟師』の大胆で力強い創作文字。扉に続いての序文は、写真短大の教授で、スチールキャメラマンでもある人物の冷静な作品評。

その中に典子の冷徹な眼《まなこ》による対象への肉薄が述べられている。

次に、絞り値やシャッタースピード、ASA・フィルム感度などの表記の凡例があり、日付を追った時系列の目次となっている。

写真になってから最初の頁《ページ》。雪の中の小さな神社に詣でる袈裟平が映っている。背中に二連のライフル。夜明けの逆光で息が白い。熊の毛皮で作った尻当てが垂れている。節くれ立った両手を合わせ、頭《こうべ》を垂れる袈裟平が、高僧のように気高く見える。

次の頁。樏を履く袈裟平。まだ、緊張感は漂っていない――サルナシの蔓《つる》で拵えた輪樏は、軽くて折れにくい――という注釈が付いている。

三頁目。黒光りする猟銃を背に、双眼鏡を持つ袈裟平。遠くの雪山を眺める袈裟平の目は厳しく、表情は硬い。笹熊の毛皮で作った帽子の耳当てが下ろされている。寒さがきついのだ。

四頁目。雪の上で腹這いになり、ライフルスコープを覗く袈裟平。上下二連の冷徹な銃身。

寄り写真。深い皺が刻まれた額。白と黒の無精髭。開いた右目が鋭い光を放っている。射程二百メートルの銃が、袈裟平の身体の一部となっている。頭上に晴天強風時に出現する旗雲。典子の好きな一枚……

五頁目。発砲の瞬間。白い煙が花火のように飛び散っている。顔を歪ませて左目を閉じ、右目を開いた袈裟平の狩人の表情。引き金を引いたままの人差し指。銃身を支えるゴツゴツとした左手。邪念のない無意識の瞬間——

六頁目。仕留められた獲物。黒い毛皮の塊。黒い表皮から湯気が立っている。あらぬ方向を見ている眼、投げ出された四肢、縫《ぬ》い包《ぐる》みのような熊。身体の下の雪には流血の痕。「袈裟平によると、十五貫（約五十六キロ）位だろうという。後で量《はか》ってみると、五十三キロだった」という注釈がある。

七頁目。「毛《け》奉《たてまつ》り。熊の皮を剥ぐ前に東の方角を向いてお奉《たてまつ》りする。酒と塩と熊の手足の毛を山の神様に奉げて感謝する」という注釈。

手を合わせながら、雪の上の仕留めた熊を見下ろす袈裟平。複雑に見える表情。哲学者の風貌。喜んでいる様子は窺えない。

八頁から三十六頁までの写真も、雪の中で熊を運び、村人と解体し、神棚に手を合わせ、肉や内臓を皆でいただく様子が収められている。三十七頁から八十六頁までは、冬の間に兎と狐を仕留めた時の記録で、いささかも緩みがない。写真に続いて、典子自身による後書きがあり、奥付《おくづけ》と見返しが付いて完結している。

どの写真も問題はない。会心の作とはいかないまでも、三千枚の中から迷いに迷って選んだ七十余枚だった。辛い狩猟に同行して、袈裟平の一瞬一瞬を切り取ったものだ。永き一瞬。嘘はない――はずだった……

頭が混乱していた。写真集は、卒業制作の指導教授からも褒められた。教授は著名なスチールキャメラマンでもある。彼曰く、被写体の心の動きまでもが伝わってくるようだと。狩猟という命をやり取りする緊張感が漂っていると。白黒の世界が妥協や虚飾を排除していると。何より、一面雪の世界でありながら作家の情熱が伝わってくる力作だと……

最優秀賞ではなかったが、優秀賞二人のうちの一人に選ばれた。

最優秀賞は、東北と北海道の蒸気機関車を、冬の間中追いかけ続けた男子学生に与えられた。雪の中を黒煙を吐きながら疾走する蒸気機関車は、誰もがその力強い汽笛を想像できるほどの迫力だった。動輪が巻き上げる雪煙や、遠くの雪山をバックに、雪原をひた走る蒸気機関車の魅力が、余すところなく捉えられていた。

男性的で猛々しく迫る機関車や、雪に覆われた里を優雅に走る機関車が、朝の光を受けて、傾いた夕陽を受けて、写し出されていた。機関車達は命を吹き込まれたように、躍動し、呼吸し、雄たけびを上げ、喘ぎながらもひた走っていた。見事な出来栄えだった。

優秀賞のもう一人は、下町の商店街を題材にした女子学生の作品だった。魚屋、八百屋、米屋、乾物屋、肉屋、酒屋、総菜屋、鮨屋、蕎麦屋、焼き鳥屋、居酒屋、中華料理店、食堂、時計店、洋服店、薬局、写真館……

店先で、店の中で、カウンター席で、鏡の前で、スタジオの白バックの前で。会話を交わし、冗談を言い、量りを見つめ、食べ、呑み、笑っている人々がいた。澄ましている客と楽しそうな客と同僚と盛り上がっている客と。微笑んでいる店員や店主がいた。前掛けをした店員、白衣を着た薬剤師、ベレー帽を被った写真家。赤ん坊を負ぶった主婦、泣き顔の男の子、腰の曲がった老婆、勤め帰りのサラリーマン、学生、退職者、派手な化粧の女。全ての写真から、人々の話し声、笑い声や商店街の喧騒が聞こえてきそうだった。店先で焼く鰻や焼き鳥のもうもうとした煙からは、その匂いが漂ってきていた。

撮影者はどれほどこの商店街に通ったのだろう――被写体となった人々は、撮影者を、レンズを、微塵も意識していない。皺の刻まれた顔が、いつもの屈託のない笑顔が、そのまま写真に焼き付けられていた。望遠ではなく、標準レンズで撮っているのに……

最優秀賞の男子学生も、優秀賞の女子学生も、普段は大人しい学生だった。典子は学食で四十五円のうどんを啜りながら、七十円のカレーを食べながら、二人と何度も話をした。二人とも、小声でぼそぼそと話した。写真家になりたいという同じ夢を控えめに語った。遠慮がちにさえ聞こえたその夢は、今、現実味を帯びてきていた。二人は言葉の代わりに、写真で物語っていた。自分だけの世界を……

それに比べて、典子の作品には深い沈黙があった。袈裟平の心の動きを捉えようとしたからだ、と典子は思った。袈裟平は寡黙だった。袈裟平が心を込めて話をするのは、自然が相手の時だけだった。自然と真っ向から向き合った時に、初めて袈裟平の言葉を聴けるような気がした。それが写真集で表現できているかどうかは分からない。しかし、精一杯やったことだけは確かだ。袈裟平と獣達の命のやり取りを、敬虔な気持ちで追い求めた、つもりだった。袈裟平の人生の一部を垣間見たような気がしていた。

「……どこが、どこが嘘なんですかッ！」

熱い水滴が頬を伝ったのが分かった。悔しかった。下手な写真だと言われるのだったら、納得できた。そこまで自惚《うぬぼ》れてはいない。写真の技術が未熟なのは、自分でも承知している。だが、嘘だと言われるのは心外だった。去年の冬は、それこそ死に物狂いで袈裟平の背中を追い続けた。袈裟平が獲物を追い求めるように。雪の中で、あまりにも疲労が激しく、意識を朦朧《もうろう》とさせながら無意識にシャッターを切ったこともあった。ファインダー越しに見える袈裟平の人生を、何とか定着させたかった。写真は実像を記録する虚像だ。だが、その虚像は時間を超越して存在できる。永遠の命を持つことができる。

……これまでの努力を全て否定された気がした。ボタボタと大粒の熱い雫が膝に落ちた。これまでの頑張りは何だったのだろう。

バチバチッ！　柴が爆ぜた。真っ赤な火の粉が、蛍の群れのように天井を目指して舞い上がった。

「ご、ご家族の、ご家族の話を、聞かせ……てください。もう来ませんから。今日が最……最後ですから……」

それだけ言うのがやっとだった。しゃくり上げそうになるのを、必死に堪えながら言った。写真集は一応完成したが、典子は納得できていなかった。

「……」

「でないと……でないと、私の心が……埋まらないんですッ！　この写真集は、私の中で完成しないんですッ！　年譜が、年譜がないと……この写真集は……一人の、一人の人間の記録として完結しないんですッ！　お願いします……袈裟平さんの年譜を付けさせてくださいッ！」

最後は悲鳴に近かった。

「……」

袈裟平が無言で立ち上がった。神棚に手を伸ばすと、何かを掴んだ。典子の前に無造作に放り投げた。マッチ箱のような小さな桐の箱。釘を用いずに木と木が組んである蟻組《ありぐみ》の箱。蓋を開けた。黄ばんだ綿の真ん中に、干からびた蚯蚓《みみず》がいた。蓋の裏側に筆で細かい文字が書いてある。

——大正十三年十二月二十一日生　父　小椋袈裟平　母　マサ　産婆　平野甲《ひらのこう》——

墨は年月を経て薄くなっていたが、全て読み取れた。蚯蚓は臍の緒だった。

「その産婆はまだ生ぎでる。耳も遠くなってねえし、頭もすっかりすでる。吐出さ住んでる……」

七産婆

典子は一週間後に甲を訪ねた。挨拶をして土産である老舗のカステラを差し出す。八十一歳だという甲は、産婆の仕事を五、六年前に辞めており、暢気《のんき》に暮らしているように見えた。炬燵に入って話を聞かせてもらう。テープレコーダーを回した。

「……袈裟平サは若い頃から腕のいい猟師だったんだ。兎や狐、狸、笹熊、雉、山鳥、鴨、何でも獲《と》って、羚羊や熊なんかの大《おっ》きな獣もいっぺえ獲ってなア」

甲は炬燵の上で大きな弧を描いた。染みと血管が浮き出た両手は皺だらけだった。

「大正が終わる少し前、赤ん坊が生まれた日、若かった袈裟平サは待ち兼ねたように猟さ出ていっだ。何日も吹雪が続いていて、ずっと山川止《やまかわど》めだったがらなあ……」

「ヤマカワドメって何ですか?」

「ああ、鉄砲撃《てっぽぶ》ちが山でも川でも仕事をしねごと……だから、晴れ上がったその日は、急《せ》くように出ていったんだ。嫁さんが止めるのも聞かねでなァ」

「お嫁さんは、袈裟平さんが猟に行くのを止めたんですか?」

「その頃は、初めてのお産の予定日だったのな。マサ姉《あね》は赤ん坊が生まれる日だけは、殺生すて欲しぐねがったのな。せっかぐ新すい命が生まれるのに、他《ほが》の命を奪っぢまったら何にもなんねえって……」

「袈裟平さんはどうしたんですか？」

「昼下がりに、竜沼の辺《ほとり》で仕留めだっつう小《ち》っちぇ兎を一羽だけぶら下げて来だ……」

「その日、赤ちゃんは生まれたんですか？」

「昼中《ひるなか》に生まれだごとは生まれだげども……二、三時間後には駄目になってしまった」

「……」

「袈裟平サは一言も喋んねがった……」


言葉が出なかった。

「随分時間が経ってから、袈裟平サが何か言い出したけど、それは何の言葉にもなってなくて、ただ獣が吠えるみでに……」

典子の脳裏に、兎をぶら下げて仁王立ちになった若い袈裟平の姿が浮かび上がった。袈裟平は天を仰いで吠えた。

「ウウーッ……ウーッ、ウーッ、ウーッ……ウ、ウ、ウーッ……アーッ、アーッ、アアアーッ！」

慟哭だった。

「袈裟平サは、大きなゴツゴツした手で赤ん坊を抱いたんだァ。抱っこすて、揺すりながら話しかげだ。まるで生きでる赤ん坊に話すみでに……

……俺ァ、この囲炉裏端《いろりばた》で、オメエを膝に乗せて甘酒を呑みたがったんだぞォ……

「囲炉裏の周りを、態みでにウロウロしながら話しかけたんだァ」

……俺ァ、獲ってきた兎で、オメエの帽子を作ろうと思ってたんだぞ……冬の兎の毛は暖《あった》げえんだがんな……

「オロオロと家中歩き回ってなァ。顔をくしゃくしゃにすて……」

……オメエを入れておこうと思ったエジコだ。藁《わら》でできてんだぞ。藁のエジコは難しいんだぞ。その代わり、軟らかくって肌触りがいぐってなァ。この辺りでは加茂爺《かもじい》しか作れねえんだぞ……

「新しいエジコを赤ん坊さ見せたりすてなァ」

……一緒に入っぺと思ってだ風呂だぞ。檜《ひのき》だぞ……

「下駄を突っ掛けて土間さ下りで、新しく作った風呂場さ行って。風呂も見せっ
たんだ。むずせがったなァ……」

風呂の前で、動かない赤ん坊を抱く袈裟平の姿があった。袈裟平の太い腕の中にいる小さな赤ん坊。やさしい、眠っているかのような顔。袈裟平に揺すられる白い赤ん坊は、目を閉じたまま口元に笑みを浮かべていた。キャハハハ……赤ん坊の笑い声が聞こえた。めんげなァ。俺に似ねでよがった。おっかあ似でよがった。さぞかす美男子になっぺ……袈裟平の声が聞こえた。キャハハハ……高い高いをされた赤ん坊が笑った。その顔に雪が舞った。髭だらけの袈裟平の顔も笑っていた。頭に雪を載せていた。雪原の中で、袈裟平は踊るようにクルクルと回ると、赤ん坊を高く掲げた。キャハハハ……アーアー……おう、そうがそうが、面白れえか、面白れえか……激しくなった雪の中で、袈裟平は回り続けた。赤ん坊の笑い声が、吹雪に掻き消されることもなく雪山に響いていた。

「……確《たす》か、一枚だけ赤ん坊の写真が残っていたはずだな。生《う》まっちすぐの時の。三人で写った、たった一枚だけけんじょ。ちょっくら待っててっせな……どっこいしょっと」

甲が炬燵に手を突きながら立ち上がると、次の間に行った。

戻ってきた甲の手に、色褪せて黄ばんだ紙の薄いアルバムがあった。炬燵に入った甲が指を舐めながら、アルバムをめくる。

「あった、あった、これだ」

甲が開いて寄越したアルバムには、白黒写真が何枚も貼ってあった。

その中の一枚――産着の赤ん坊を抱いて満足そうな表情のマサ。その左側に眼を細めて赤ん坊を見る若い袈裟平。優しい眼差し。猟から帰ったばかりの会津木綿の筒袖――

「……この写真を複写させてもらっていいですか?」

「構わねげんちょも」

典子は、脇に置いたリュックから一眼レフを取り出した。炬燵から出ると、立ち上がったまま、天井の蛍光灯の反射を拾わない角度で、何枚もシャッターを切る。単球《たんだま》のレンズを五十ミリから三十五ミリに換えて、また何枚か撮った。

……これで写真集は、本当の意味で完成する。三人の写真で、裏磐梯最後の猟師の姿を固定させることができる。三人の写真は、追加で最後の頁に入れよう……

八年譜

吐出の甲の家を辞したその脚で、典子は蛇平の袈裟平の家に向かった。道路から玄関までの雪はきれいに片付けられていて、袈裟平は家の横の雪掻きをしていた。典子を見ると、手を止めた。網代傘《あじろがさ》を脱ぎ、首に巻いた手拭いで顔を拭きながら、家に入れと言う。

典子は居間の囲炉裏の側で、甲の家で聞かせてもらったことをそのまま報告した。袈裟平は黙って聞いていたが、年譜に書くことは拒絶しなかった。ただ一度だけゆっくり頷くと、黙り込んでしまった。

しばしの沈黙の後で、何事か考え込んでいた袈裟平が重い口を開いた。

「最後に話さねばなんねえこどがある」

「はい？」

袈裟平は立ち上がると、神棚の開き戸の奥から、油紙の包みを取り出した。紐を解《ほど》いて、包みを開く。出てきた黒い塊を典子に差し出した——洗練された拳銃！　古めかしいのに、美しい型——

「十四年式拳銃だ」

——細くて長い銃身。水平の滑り止めが何本も刻まれた細めの銃把《じゅうは》。

「握ってみろ」

袈裟平は、典子が握りやすいように、銃身を握ると、銃把を突き出した。

「……」

怖い。手が出ない。

「大丈夫だ。弾は入ってねェ。安全装置もかかってる」

思い切って拳銃を握ってみた。手が震える。重い。ほっそりしているのに……

「どうだ?」

「重いです……」

袈裟平は、典子の右肘を絞らせ、左手を銃把の底に添えさせた。

「十四年式は、大正十四年に陸軍で正式に採用された拳銃だ。手の小さい日本人向けに握りが細めに作られてる。それなのに、何で重いか分かるか?」

「分かりません」

「人を撃った銃だからだ」

「……」

典子は、拳銃を置いた。

バチバチッ！　囲炉裏の柴が爆ぜた。袈裟平が柴を折って、継ぎ足す。

「テープレコーダーを回してもいいですか？」

「好きにしろ」

テープレコーダーが回り始めた。

「袈裟平さんが撃ったんですか？」

「俺ではねえ。五十年近く前、大正十五年に俺の上官だった軍曹が、その銃で憲兵少尉を射殺した――」

「日本人が日本人を撃ったんですか？」

「んだ」

「何故ですか？」

「訳は話したぐねェ」

「大正十五年というと、太平洋戦争はまだ始まっていない時ですよね？」

「ああ。だが、真珠湾《しんじゅわん》攻撃以前に、いや、満州《まんしゅう》建国以前に支那《しな》では日本と支那の南軍、北軍が入り乱れて覇権《はけん》争いをしていた。死者が出る小競り合いはしょっちゅうだった」

「袈裟平さんも中国にいたんですか？」

「いた。憲兵少尉が撃たれた時、俺は軍曹の分隊士で、一等兵だった。支那山東省《さんとうしょう》の済南《さいなん》というところで事件が起きた。軍曹は事件後、十四年式を俺にくれた」

「くれた？　自分の拳銃を袈裟平さんにくれたんですか？」

典子にはその軍曹とやらの挙動が不可解だった。

「ああ……本来、拳銃というものは、士官や憲兵、戦車兵、機関銃手など、小銃を携行しない兵が持つ武器なんだ。何で軍曹が拳銃を持っていたか……それは言えね」

「その後、袈裟平さんがその拳銃を使うことはあったんですか？」

「いや……俺はその銃を背嚢《はいのう》の底さ仕舞ったまんま、何年も転進し続けた。五年後に応召解除になった時、舞鶴《まいづる》に上陸して、そのまま家さ持ち帰った。神棚の奥さ仕舞って、今日まで誰にも見せたごとはねがった」

「使わないのに戦場で持ち歩いていたんですか。何故五年も拳銃を持ち続けたんですか？」

「……」

「ひょっとして……自決用!?」

「……二回目の応召は地獄だった……これ以上戦争の話はしたくねえ。後で手紙を書く」

袈裟平は、煙に顔を顰《しか》めながら囲炉裏に太い薪をくべた。

東京に戻った典子は、袈裟平から届いた手紙を持って、練馬区立図書館に行った。手紙に書かれた事柄を、資料に照らし合わせて確認していく。手紙は、内容も年代も公式な記録と見事に合致していた。袈裟平の照準は、履歴においても正確だった。

年譜の原稿を書いた。

袈裟平の年譜と一枚の写真を追加した写真集・改訂版の版下が出来上がってきた。

『裏磐梯最後の猟師～小椋袈裟平・改訂版～　岩橋典子』

追加した、たった一枚の家族写真は、それまでの袈裟平の射抜くような眼差しとは違って、柔和な目をした袈裟平になっていた。目尻が垂れている。赤ん坊を抱いたマサも優しく微笑んで、幸せそうに写っている。生まれたての赤ん坊は、眠っているように見える。

年譜を追っていくと、戦争が袈裟平の人生に、暗い影を落としたのが解る。誤植はない。段落分けに赤を入れ、年譜見出しの書体を明朝《みんちょう》からゴシックに変更する旨指示する。

版下を持って、神田の出版社に出向いた。担当営業は留守だったが、編集を担当したベテランの女性に版下を直接渡すことができた。女性編集者は、写真集はいい出来だと言ってくれた。そして、追加写真と年譜でさらに袈裟平の人物像が明瞭に浮かび上がり、遥かに良くなったとも。二週間後には、印刷が上がってくることを聞いて、出版社を出た。

編集者の言葉には、お世辞が入っているのだろうが、それでも嬉しかった。典子はあまり酒が呑めなかったが、一人で祝杯を挙げようと、小さなワインを買ってアパートに帰った。

翌日から、典子は短大の学生食堂で皿洗いのアルバイトを始めた。午前十一時頃から次々に下げられてくる食器は途切れることがなく、午後三時頃までは目が回るような忙しさだった。歯を食いしばって働いた。何とかして、写真集・改訂版の出版費用を捻出しなければならなかった。

中野坂上《なかのさかうえ》の短大から地下鉄と私鉄を乗り継いで、アパートに戻ったある日の夕方。インスタントラーメンを作っていると、出版社の顔馴染みの担当営業が、段ボール箱で刷り上った改訂版を持ってきた。

「居てくださってよかった。たった今、貫井《ぬきい》小学校に道徳の副読本を納品してきたものですから……ついでといっちゃあ何ですが」

典子のアパートの裏手は貫井小学校の校庭で、運動会の日には埃がひどかった。洗濯物を干していた部屋の住人は、運動会が始まると慌てて洗濯物を取り込んだ。

「写真集、年譜が入って猟師さんの人生が、ぐんと際立ったというか、身近になりましたね。とても良くなったと思いますよ」

中年の営業社員は、相好を崩すと、納品書と請求書を置いて帰った。

典子は早速段ボールを開き、冊数を数えた。十五部作った改訂版は、贈呈先も決まっている。一部を手に取って、年譜に目を通す。

小椋袈裟平《おぐらけさへい》　年譜

明治三十五年（一九〇二）四月十八日、猟師の父・小椋茂平《もへい》、母・スエの三男として裏磐梯《うらばんだい》蛇平《へびだいら》に生まれる。長兄・鉄平《てっぺい》はシベリア出兵時に二十二歳で戦死。次兄・龍平《りゅうへい》も満州事変《まんしゅうじへん》時に三十二歳で戦病死。姉・イネと妹・サキは嫁ぎ先で健在。

大正十二年（一九二三）五月七日、二十一歳の時、早稲沢《わせざわ》の木地師《きじし》の娘・小椋マサと結婚。マサ、十九歳。

大正十三年（一九二四）十二月二十一日、長男誕生するもすぐに息を引き取る。

大正十四年（一九二五）一月下旬、会津若松の第二師団歩兵第二十九連隊へ入営。教習隊入隊。陸軍二等兵。

大正十五年（一九二六）四月、中国山東省済南《さんとうしょうさいなん》の第六師団第二十三連隊第二大隊へ転属。陸軍一等兵。

昭和五年（一九三〇）三月、召集解除。輸送船で舞鶴港《まいづるこう》に上陸。陸軍兵長。無事帰還するも、火薬の不足にて、猟師の仕事はできず。伐採、枝打ち、炭焼き、滑子《なめこ》・椎茸《しいたけ》栽培などの林業で生計を立てる。

昭和十六年（一九四一）一月、歩兵第二十九連隊に二度目の応召。阿武隈《あぶくま》山中にて密林突破訓練。石巻《いしのまき》にて敵前上陸訓練。十二月、会津若松出発。豊橋《とよはし》着。陸軍伍長。

昭和十七年（一九四二）一月、熱地用被服支給される。豊橋発。三月、ジャワ島攻略戦に参加。十月、ラバウル出港、ガダルカナル上陸。ガダルカナル攻略戦参加。補給無く、部隊壊滅状態。餓死者続出。

昭和十八年（一九四三）二月、残存兵、二百余名ガダルカナル撤退。当初の連隊の人員は二千七百名。生存率一割以下。ブーゲンビル島に上陸。五月、マニラ入港。陸軍軍曹。十一月、輸送船興帝丸《こうていまる》にてシンガポール入港。

昭和十九年（一九四四）一月、ビルマ（現在のミャンマー）転進の師団命令を受く。二月、アラカン山脈サンドウェー地区防衛の命令を受く。

昭和二十年（一九四五）一月、仏領印度支那《ふつりょういんどしな》（現在のベトナム）に転進。八月、プノンペンにて敗戦を迎える。十二月、引き揚げ船にて佐世保《させぼ》入港。四年振りの日本。汽車を乗り継ぎ、翌年、正月三日、雪の裏磐梯へ無事帰還。最終階級は陸軍曹長。

年譜の前の追加した写真を見ようと頁を戻す。たった一枚だけの家族が揃った写真……

息が止まった！

写真が変化していた――醜く顔を歪めた泣き顔の袈裟平――般若のように眉と口を吊り上げたマサ。鬼の形相――マサが抱いている産着《うぶぎ》の中身は、血に染まった兎の死骸……

慌てて他の改訂版を開いた。残り十四部の改訂版も、全て同じ写真だった……

参考文献

「文化シリーズ　1　自然からの伝言」　奥会津書房
「文化シリーズ　2　森に育まれた手仕事」　奥会津書房
「文化シリーズ　3　神々との物語」　奥会津書房
「文化シリーズ　4　縄文の響き」　奥会津書房
「文化シリーズ　5　生きる」　奥会津書房

青沼

一　宴会予約

ジリリリリ……ジリリリリ……ジリリリリ……

帳場の電話が鳴ったのに気付いて、誠《まこと》は慌てて梯子《はしご》を降り始めた。二階の軒下まで届く三間《さんげん》梯子《ばしご》を猿のように駆け降りる。

ジリリリリ……ジリリリリ……ジリリリリ……

待ってくれ。待ってくれよ。切れるな。頼むから。

玄関に駆け込んで、急いで地下足袋《じかたび》の小馳《こはぜ》を外し始めるが、気ばかり焦って中々上手くいかない。仕方なく、這って帳場へ行こうと上がり框《かまち》に四つん這いになった時だった。

「お待たせいたしました。毘沙門荘《びしゃもんそう》でございます。エエ、ハイ……あの、今月一杯、十一月末までは営業しておりますが……ハイ、十二月下旬？……二十名様、ハイ、構いませんですよ。予め分かっていれば。そうですか、では、よくご検討いただいて……郡山の、古田和己《ふるたかずみ》様？私は髙澤菊乃《たかざわきくの》と申します。ハイ、ハイ、それではまたのご連絡をお待ちいたしますので……ハイ、ごめんくださいませ。失礼いたします」
菊乃は、受話器を持ったままお辞儀をした。両手で受話器を置く。

地下足袋を脱いで帳場に来た誠に、説明を始めた。

「郡山の方《かた》で、十二月下旬に二十人位の戦友会で泊まりが入るかって。その前に幹事さんが、近々一人で下見に来たいんだって」

「十二月下旬かあ。もし、決まったら臨時で何人か頼まねえとなあ。スキー場がオープンしてから、手伝いを集められんべか」

「そん時はそん時。十二月に二十人も泊まってくれたら御の字だべした。しかも宴会ありで。スキー場に勤めね人だっているわけだから」

菊乃は、楽観的だった。冬期間休業の旅館で働いている季節従業員は、雪が積もるとスキー場で働く人が多い。駐車場、除雪、リフト、リフト券売り場、食堂、売店、貸しスキー、スキーパトロール。スキー場は多くの人手を必要とした。しかし、今から旅館の人手不足の心配をしても始まらない。たった二日間のことだし、雪が少なければ、スキー場のオープンも遅れるのだから。その明るい性格が、膨《ふく》よかな体形に表れていた。

誠は、二階の客室窓の雪囲いをするために、外へ出ると、再び梯子を昇り始めた。

二　下見

ボストンバッグ一個を提げ、革手袋を嵌めてオーバーを着た男がやって来たのは、十一月二十五日だった。短いブーツを履いている。初雪が舞う寒い午後。五十路《いそじ》過ぎらしい男の息が白くなっていた。

「……ごめんください」

「これはこれは。お寒い中、ようこそいらっしゃいました。支配人兼番頭の髙澤誠でございます。ささ、どうぞ、どうぞ」

上がり框を拭き清めていた誠が、玄関で出迎えた。自然にボストンバッグに手を伸ばす。

「いや、いや、すみません。古田といいます。今晩はお世話になります」

調理場から、割烹着姿の菊乃が、手を拭きながらやって来た。

「お待ちしておりました。誠の家内の菊乃です。雪は降ってくるし、あんまり山の中でびっくりなさったでしょう」

「いえ、私も戦争中は満州《まんしゅう》にいましたし、戦後はシベリヤに抑留されていましたから」

「じゃあ、こんな寒さは何《なん》ともないですよね」

「いやいや、そうもいきません。年々ガタがきてまして。時々ゆっくりして修理しないと」

「果たしてここで修理できますかどうか」

ハハハハ……

古田は、この宿なら心地よい時間を過ごせそうな気がした。夫婦の柔和な笑顔がそう思わせた。仕事に真摯に取り組む姿勢が感じられる。慎ましく、明るく、ひたむきだった。

誠が古田を、二階手前の毘沙門《びしゃもん》の間に案内した。片流れの庇《ひさし》の下、踏込みで草履を脱ぐ。古田もスリッパを揃えて脱いで、誠に続いた。誠が、二間《ふたま》続きの部屋の奥に進んで雪見障子《ゆきみしょうじ》を開くと、突如、露草色《つゆくさいろ》の景色が視界一杯に広がった。窓の向こうに毘沙門沼《びしゃもんぬま》が見下ろせた。沼は、真ん中が澄んだ青の天色《あまいろ》で、その周囲に紫がかった青藤色《あおふじいろ》、さらに所々が緑がかった花浅《はなあさ》葱《ぎ》の鮮やかな青緑色《あおみどりいろ》だった。そよそよと吹く風に、細波《さざなみ》が煌めいている。キラキラと輝く神秘の沼——

対岸の巨岩と松林は、沼の上に置かれたように見えた。岩と松の遥か彼方に、山頂を尖らせた磐梯山《ばんだいさん》が、ゆったりと裾野を引き摺っている。中腹の爆裂口は荒々しく抉れていて、褐色の岩と土の所々に黄色い硫黄が張り付いている。沼の左右は広すぎて、見通せない。

「……」

古田は、言葉を失った。

「毘沙門沼でございます。明治二十一年に磐梯山の爆発で誕生しました。三百ある五色沼《ごしきぬま》湖沼群の中で、沼では一番大きな沼です」

誠の説明には澱みがなかった。

「何と素晴らしい……しかも部屋の中から。こりゃあいい。シベリヤ戦友会はこちらでご厄介になることにします。戦友達もこの景色を見たら、びっくりするでしょう」

「景色以外、何にも自慢できるものがございませんで」

「いやいや、この景色があれば、後は何にも要りません」

「ありがとうございます。では、人数と細かい日程をお聞かせくださいますか」

誠は、座卓の前に正座すると、部屋割り表を差し出した。菊乃が茶を運んできた。

古田が、幹事名と連絡先、日程、人数を部屋割り表に書き込んでいく。手馴れているように、誠には見えた。

古田は部屋割りを書き終えると、菊乃が淹れた熱い茶を美味《おい》しそうに飲んだ。

「宴会は、下の二十四畳の檜原湖《ひばらこ》でやるとして。幹事部屋は私以外の三名も含めて、この毘沙門の間にしようと思うのですが」

「はい、ここが当旅館の客間では一番手前で、二間なのはここだけですから、それでよろしいのではないでしょうか」

「二次会をここの手前の部屋でやることにすれば、寝たい人はそれぞれ自分の部屋で寝て構わないわけですし。他は四名ずつ四部屋でいいですかね？」

「はい。それでよろしいかと思います。他の四部屋も全て十二畳ですから」

「では、十二月二十二日にとりあえず二十名ということでお願いいたします。近々案内葉書を出しますので、人数が確定したらまた連絡します」

「はい。よろしくお願いいたします。料理のほうは、今晩と明日の朝、戦友会の日と同じものを出しますので、召し上がってからお打合せさせてください」

「いやいや、それはありがたい。分かりやすくていいですね」

「他に何かご要望があれば遠慮なく仰《おっしゃ》ってくださいね」

最後は、菊乃が付け加えた。

「ええ、わがままを言わせてもらうかもしれませんが」

「どうぞ、どうぞ。間もなくお風呂が沸きますので。夕食前にお風呂はどうですか。残念ながら温泉ではないのですが」

誠が、いつものように予め温泉ではないことを告げた。

「いやいや、構いません。それでは早速風呂をいただくことにしましょう」

丹前《たんぜん》を着た古田が風呂から戻ると、毘沙門の間の手前の部屋で、黒塗りの座卓に菊乃が夕飯《ゆうめし》を並べていた。奥では誠が布団を敷いている。手前でも奥でも石油ストーブが赤々と燃えていた。

タオルを干した古田が、座卓に着くと、菊乃が熱燗の徳利をつまんで、古田に注いだ。やや深めのゆったりとした盃。野趣に富んだ厚めの本郷焼き。大振りの盃は手の中で収まりがよかった。一口で飲み干す。

「後は自分で注ぎますから」

菊乃から徳利を受け取って、自分で注ぐ。醤油を垂らして、滑子下《なめこお》ろしを口に運ぶ。辛口の熱燗を流し込む。鯉《こい》の洗いを酢味噌でいただく。徳利から盃に。辛口の旨さ。鯉の旨煮《うまに》の腸《はらわた》を食う。濃厚な味わい。熱い辛口を含む。二合徳利が軽くなってきた。腹が温まってくる。洗い、盃。旨煮、盃。芳醇な香りにゆらゆらと意識が揺らぐ。根曲《ねまが》り竹《だけ》と鰊《にしん》の煮物。細い筍に上品な醤油の味が滲みている。熱燗の日本酒。徳利が空になった。

「すみません。もう一本つけてください」

「はい、かしこまりました」

誠が、空になった徳利を盆に載せて出ていった。


一人用の鍋がぐつぐつ湯気を立て始めた。菊乃が鍋の下を覗き込む。

「固形燃料がもう少しで燃え尽きますから、そうしたら召し上がってください」

「はい。それにしても……」

「はい？」

「こんな日がくるとは、夢のようで。シベリヤで死んでいった仲間達に一口でいいからこんな旨くて温かいものを、喰わせて、喰わせてやりた……」

古田が言葉に詰まった。

「……旨いかどうかは分かりませんが、寒い所の鯉は脂がのっていますからね。私も主人も信《しん》州《しゅう》の出でして。子供の時分から鯉はよく食べました。海の魚が入ってこない山の中だったものでしたから。あ、鍋ももう召し上がれますよ。熱いのでお気を付けて」

「熱いものを熱いうちに食べられるだけでも、贅沢かもしれません……」

古田が鍋から葱《ねぎ》と舞茸《まいたけ》と鶏肉《とりにく》を取り皿《ざら》に移した。葱を少しずつ口に入れる。

「あの戦争は何だったんだろう……何故あんなに惨《むご》い殺し合いをしなければならなかったんだろう……」

古田が静かに舞茸を食べる。

「……」

菊乃は黙り込んだ。古田が戦争で大変な苦労を強いられたことが察せられた。

誠が盆に新しい徳利を載せて、部屋に入ってきた。そのまま古田の目の前に正座すると、熱そうな徳利の首をつまんで酒を注いだ。古田の目が潤んでいる。

「失礼しますよ」

古田は、一礼すると湯気の立つ盃を一口で空けた。伏せられていたぐい呑みを手にすると、目を見ながら誠に差し出す。

「ご主人、死んだ戦友達の代わりに、一献召し上がっていただけませんか」

「じゃ、一杯だけ……」

古田がぐい呑みに注いだ酒を、誠は何回にも分けて呑んだ。元々酒は強くなかった。

「スパシーバ、ありがとうございます。ブーディム　ズナコームィ、よろしくという意味です。シベリヤの戦友達もきっと喜んでいるはずです」

「シベリヤでは随分辛い思いをなさったようですね」

「満州での敗戦時も大混乱だったのですが。シベリヤに送られてからも、命があっただけましというくらいのラーゲリ、収容所生活でした」

古田が静かに敗戦時の様子を語り始めた。

三　敗戦

……私が敗戦の玉音放送を聴いたのは、昭和二十年八月十六日、満州国《まんしゅうこく》の通化《つうか》においてでした……

敗戦の四日前、八月十二日の朝、関東軍特種情報隊・露西亜《ろしあ》軍暗号解読班に所属していた私は、通化に移動した関東軍総司令部の一部署で、同期兵三人と、暗号書と露西亜語辞書を片手に、露西亜軍の暗号電報の解読に当たっていました。暗号は、縦横それぞれ00から99までの升目一万個の欄に不規則に当てはめられた数字を、暗号書によって全て露西亜文字に置き換えるものでした。

露西亜軍の暗号によると、露西亜は去る八月八日、日本に宣戦を布告し、南嶺《なんれい》の爆撃を開始した。陸上の各部隊は満州の首都・新京《しんきん》へ侵攻せよ、という内容でした。

しかし、翌八月十三日の朝に傍受した暗号電報には、露西亜が急ぐあまり、生の露西亜語のままで打たれたものが、多く混じっていました。関東軍は、精鋭部隊を次々に南方へと抽出され、戦力が極端に低下していました。いかに日本の負け戦であっても、関東軍が既に手も足も出ない状態になっていたことが、この一事からも窺われました。

　露西亜が八月八日に日本に宣戦布告してからは、露西亜軍が各地で弱体化した関東軍を撃破、満州になだれ込むように進撃していたのです。

　内地での八月十五日昼の玉音放送は、関東軍には同時刻に伝えられませんでした。一日伏せられていた降伏と停戦の命令が、関東軍の総司令部に伝えられたのは、翌八月十六日の夕刻、各部隊に届いたのは夜十時過ぎ、奥地の最後の部隊が戦闘を停止したのは、八月末か九月頭でした。

　降伏した翌日、八月十七日から、露西亜軍によって次々に武装解除された通化の関東軍一千名は、不安を抱えたまま、営舎から一歩も出ることはできませんでした。一日に俘虜一人当たり三百グラムの黒パンと、臭う水がブリキのコップに朝晩一杯ずつ、という配給で、露西亜軍から連日名前や階級の申告・確認、所属部隊や軍務の照合などの取調べを受けました。金や軍票はもちろん、腕時計や万年筆、手帳、本、地図、辞書など目ぼしい持ち物は、全て取り上げられました。少しでも抵抗すると、容赦なく銃床で殴られ、顔面を殴られた者は、前歯を何本も折られました。その者はその日から食事、といっても黒パンだけですが、食事も満足に取れず、日に日に衰弱していき、とうとう一週間後に死亡しました。その配給の黒パンでさえ、三百グラムを千切って半分しか渡されないこともありました。

数日経つと、小杉《こすぎ》部隊長の姿が、突然消えました。小杉部隊長は、誠実な方で、常々我々の処遇を露西亜軍に掛け合ってくれていたので、露西亜軍に睨まれ、どこかへ連行されて銃殺されたのではないかと噂されました。

翌日から、副部隊長の森谷《もりや》中佐が、指揮を執りました。八月末に、部隊は吉林《きつりん》にあった師道《しどう》大学《だいがく》に集合させられました。校庭での幕舎生活です。食糧は満足に与えられず、幕舎の中は身動きもままならないほど詰め込まれ、暑さもあって眠れぬ夜が続きました。師道大学というのは、満州国唯一の、教員養成を目的とする高等師範学校です。吉林から列車でシベリヤへの移動が開始されました。地獄の始まりでした……

――すみません。すっかり長い身の上話をしてしまいまして。どうもご馳走さまでした。料理も酒もとても美味しかったです。後は御飯をいただいて適当に寝ますから、どうぞご主人も奥様もお休みください――

「それでは、残った器は明日の朝、片付けに来ますから。このままにしておいてください」

誠が座卓の上の空いた器をいくつか盆に載せると、茶道具を座卓に置いた。

菊乃が、お茶を淹れながら溜息混じりに言う。

「私が若い頃は、無敵関東軍、無敵関東軍なんて言われてましたけどねェ」

「確かに太平洋戦争初期までの関東軍は、精鋭部隊として士気も高ければ、人員も装備も整っていて、よく訓練されていました。しかし、昭和十七年以降、南方での戦いが始まると、ガダルカナルやインパール攻略戦に次々と抽出されて、屈強だった関東軍は、急激に弱体化したのです」

「……南方でも、兵隊さんは食糧が無くて苦労したようですねェ」

菊乃がしみじみと言った。

「日本軍は補給という問題を、全く重要視していませんでした。腹が減っては戦《いくさ》はできぬ、とあれほど言っておきながら。南方の攻略戦では、戦死とされている死亡原因の多くが餓死や病死であることは、戦時中はもちろん、戦後も直隠《ひたかく》しに隠されました」

「私も戦争中は典型的な軍国少年で、少年飛行兵に憧れていました。今、考えると、青臭い未熟者だったんですねえ」

誠が、間違っていたというように、首を振りながら呟いた。

「それが普通だったんですよ、あの頃は。国の教育が押し並べてそうでしたから」

「苦しみながら亡くなった方々のお陰で、今の平和な日本があるんですねェ」

菊乃の言葉には実感がこもっていた。

「……」

古田も誠も黙り込む。


「じゃあ、これで失礼いたしますが、明日の朝飯《あさめし》は、何時頃がよろしいですか？」

菊乃が訊いた。

「七時にお願いしたいんですが。早過ぎますか」

「いいえ、ちっとも。私は田舎者で元々朝が早いんです。それでは、どうぞごゆっくりお休みください」

「はい。あ、そうだ。ちょっと待ってください」

古田が立ち上がると、ボストンバッグから厚い本を取り出して、誠に渡した。

「お暇な時にでもお読みください。贈呈させていただきます」

誠は繁々と表紙を見た。菊乃が脇から覗き込む。

『《シベリヤ抑留記》―シベリヤで亡くなった戦友に捧ぐ―　古田和己』

「ありがとうございます。拝読させていただきます」

誠と菊乃は、空いた器を載せた盆と、贈呈された本を持って、毘沙門の間を辞した。

誠は、早速その晩、布団に潜ると、橙の電球の下で、古田の『シベリヤ抑留記』を読み始めた。菊乃は隣の布団で背を向け、既に軽い鼾をかいている。

四　『シベリヤ抑留記』入営

『シベリヤ抑留記』―シベリヤで亡くなった戦友に捧ぐ―　古田和己

――昭和十七年三月十日、二十三歳の私は、会津若松《あいづわかまつ》の歩兵二十九連隊へ入営することになって、当時の貨物駅である郡山停車場《こおりやまていしゃば》に集合を命じられた。前年の九月に仙台の東北帝国大学を繰り上げ卒業し、郡山の新聞社支社に勤め始めたばかりだった。郡山停車場に行ってみると、初年兵受領の下士官が会津若松から迎えに来ていて、九十名の中隊ごとに分けられた。私は第二中隊に配属となった。

蒸気機関車で二時間半かかって、会津若松に到着した。営庭には三十センチの積雪があったが、堅く踏み固められていた。

兵舎内には石炭ストーブが置かれていたが、古参兵がその周りを占有していて、初年兵の私達は近付けなかった。初年兵は十二名ずつの内務班に分けられて、被服を支給されたのだが、三月の雪の季節だというのに、半袖の防暑服《ぼうしょふく》だった。人数分の冬衣《ふゆぎぬ》（冬服）が間に合わなかったのだと思う。

夜は、蚕棚《かいこだな》と呼ばれた上下二段の木製寝台で休むのだが、堅い煎餅布団《せんべいぶとん》と軍用毛布一枚では、寒くて寒くてとても寝られたものではなかった。数日して初年兵全員に冬衣と追加の毛布一枚が支給されてからは、少し眠られるようになった。

到着翌日から、演習が行われた。演習は、練兵場での徒手体操や駆け足だった。飯盛山《いいもりやま》の白虎隊士《びゃっこたいし》のお墓参りや東山《ひがしやま》への行軍などもあった。東山では温泉に入ることが許され、東山への行軍の時は初年兵全員が張り切っていた。連隊本部の、初年兵を戦地へ送り出す前の、せめてもの心遣いだったのかもしれない。

四月三日、連隊は中支《ちゅうし》へ出発することになった。会津若松を列車で出発し、広島市《ひろしまし》南部の宇品港《うじなこう》から輸送船に乗った。上海《しゃんはい》を経由して杭州市《こうしゅうし》に到着したのは、会津若松を発ってから十日後であった。杭州市は風光明媚な街で、市の西側には西湖《さいこ》という湖があり、支那全土から見物客が来た。そこからは中隊ごとに、さらに駐屯する奥地に向かった。

私の所属する第二中隊は、杭州市から自動車で一時間程の余坑鎮《よこうちん》という小さな町に向かった。貨物自動車三台に、鮨詰めにされて運ばれた私達百二十余名は、四棟《よんむね》の農業倉庫を宿舎として割り当てられた。私が入った穀物倉庫は、蚤《のみ》や虱だらけで、鼠もそこらじゅうを這い回ってい た。蚤に身体中を喰われて腫れ上がった上に、痒くて痒くて仕方がなかった。堅く冷たい床板に毛布だけで寝る身体の強張《こわば》りと、蚤の痒みでほとんど眠られなかったのには閉口した。

食糧の搬出と市中警戒訓練、市街戦闘訓練が四ヶ月間行われた。八月になると、第二中隊は余坑鎮を引き揚げて、次の作戦地である杭州市の南にある金華《きんか》に移動することになった。第二中隊の中隊長は、陸士（陸軍士官学校）出身の藤波中尉だったが、私より一つ年上なだけの二十四歳だった。恐らく陸士を成績上位で卒業したのであろう、任官後の少尉から直ぐに中尉になり、さらに中隊長にまでなっていた。

金華に移って間もなく、師団司令部が希望者に対して幹部候補生の試験をした。試験科目は、国語、漢文、外国語、歴史、地理、数学、物理学などの座学と、教練、持久走、投擲《とうてき》、射撃、剣術、体操などの実技だった。私は実技が不得手だったが、幸運にも合格できた。試験に合格した者には、行軍、戦術学や兵器学、射撃学などで三週間の合宿訓練が実施された。合宿訓練終了後は、それぞれの中隊に復帰して、通常勤務についた。合宿訓練の最終日、私は渇きのあまり、つい生水を飲んでしまい、赤痢を発症してしまった。二週間の隔離入院を余儀なくされ、そのせいかどうか分からないが、甲幹（甲種幹部候補生）ではなく、乙幹（乙種幹部候補生）を命ぜられた。甲幹は予備士官学校に進んだが、乙幹はそのまま中隊に残り、階級は上等兵になった。

原隊では、私が二年兵である一等兵を階級では追い越してしまい、追い越された嫉妬深い二年兵に、軍靴を盗まれたり、伝令を無視されたりと、様々な意地悪をされた。初年兵としての下働きもあって、分哨《ぶんしょう》勤務に就いていても、中から鍵を掛けられて締め出されたり、食料の配膳でも、数をごまかされたりと、乙幹は中々容易ではなかった。

乙幹は一年で伍長に進級することになっており、一年後には三年兵の兵長より上の階級になるのだから、二年兵、三年兵に苛められるのも仕方がないことかもしれなかった。

辛い中隊勤務に歯を食い縛って耐えていた頃、人事係の曹長に呼び出された。

「第二中隊、古田上等兵であります！」

人事室のドアを叩いて、大声で申告した。

「入れ」

「失礼いたします！」

一歩入って敬礼をする。机に向かっていた曹長が答礼した。

「直れ。実は第二師団本部（歩兵第二十九連隊の所属師団）から、内地での露西亜語研修希望者を推薦せよという通知が来たのだが、どうだ、希望するか？　誰でもいいというわけではなくて、過去に外国語履修の経験がある者に限るという話だ」

「ぜひ推薦してください。お願いします」

私は一も二もなくこの話に飛びついて、曹長に深々とお辞儀した。この陰険な古参兵が多い中隊から抜け出すことができ、内地に行けるのであれば、勤務地はどこでもよかった。

「古田上等兵は英語が得意だったはずだな。どの程度話せるのか」

「簡単な日常会話程度です」

自信はなかったが、嘘でもなかった。私は東北帝国大学では法文学部で英文学を専攻していた。文法と英国文学主体の英語教育であったが、海外留学の経験がある教授も多かった。

「よし、それでは早速推薦状を書いてやろう。ただし、第二中隊を代表していくのだから、人一倍頑張って優秀な成績を収めよ。よいか」

「はい。心得ました。頑張ります」

「下がってよし」

曹長はまた直ぐに机に向かった。


翌日、朝食を済ませて兵舎に戻った時に、人事係の一等兵が来て、手回品《てまわりひん》をまとめて人事室に来るように言われた。

人事室に行ってみると、曹長から推薦状と勤務評定の封筒を渡され、五分後に連隊本部行きの自動車が出るから、それに乗せてもらえと言われた。

出発の申告もそこそこに、慌てて表へ出て自動車を待った。間もなくやって来た自動車に、名前と目的を伝えて、一番後ろの端に乗せてもらった。そこは座席ではなく、自動車の後部車体部分で、三十分もの間、振り落とされないように必死に窓枠に摑まっていた。片手は手回品を入れた雑嚢《ざつのう》で塞がっていたので、痺れた手を換えることもできず、死に物狂いだった。この先が思いやられた。

連隊本部に着くと、直ぐに師団司令部に集合を命じられた。司令部では、他の連隊から来た三名との計四名で、十一月末までに大阪《おおさか》教育隊に到着し、十二月一日から教育隊に入隊すべし、という命令を受けた。

早速、四人で師団司令部を出発し、貨物輸送の自動車や汽車を乗り継いで、その日のうちに上海の兵站《へいたん》宿舎に到着することができた。人事室へ行って、申告後、上海から日本への乗船の希望を伝えたのだが、混んでいるのでしばらく待てということであった。

この頃は軍人ばかりでなく、様々な事情で日本に帰国する人が大勢いて、乗船するまでに四日も待たされた。もっともその間は何もすることがなく、兵站宿舎にいさえすれば何をしてもよく、全くの自由であったので、街で簡単な露西亜語の初級教本を買ってきて、勉強の真似事などを始めたのだが、露西亜語の複雑さ、難しさに手も足も出なかった。

四日後に無事、上海港から乗船でき、翌朝長崎港に着いた。長崎は坂の多い街で、景色がよく、見物したい場所がいくつもあったが、見物を諦め、港から大阪までの汽車の切符を発行してもらって、一路大阪を目指した。汽車はいつも満席で、たまたま一人分の席が空くと、私達四名は空いた席に交互に腰掛けた。二日かかってようやく大阪に着いた。夜になっていたが、宿代が勿体ないので、そのまま大阪教育隊の営門を潜った。大阪教育隊では、内務班の空き寝台を使うことが許された。硬い木の寝台だったが、それまでの移動の疲れもあって、直ぐに眠ってしまった。

次の日、改めて人事室へ申告に行くと、思いがけず臨時帰郷の許可が出た。入隊日まで五日あった。仲間三人と別れた私は、早速、大阪から郡山を目指したのだが、汽車は定刻には動かず、動いたり停まったりで、その日は東海道線で沼津まで行くのがやっとだった。

翌日は始発列車で上野へ行き、東北本線で郡山を目指したのだが、汽車が遅れに遅れて、夜遅く白河に着いたところで、止まってしまった。ちょうど白河に知り合いの家があったので、仕方なく夜遅かったのだが、佐賀《さが》家《け》を訪ねた。佐賀さんのお宅では、突然現れた私を、驚くと同時に歓待してくれて、ありったけの物でご馳走してくれた。三月に入営以来、家庭料理らしいものは口にしていなかったので、蕎麦《そば》掻《が》きや芋の煮転《にっころ》がしや南瓜《かぼちゃ》の煮物、ほうれん草のお浸しなどは、ほっぺたが落ちるほど美味しかった。

支那では、わずかな軍票で強制的に取り上げた麦や稗《ひえ》や粟《あわ》、高粱《こうりゃん》、南瓜、豆などが主な食糧で、それらを炊いて、岩塩をかけて喰った。たまに米を喰うことがあっても、硬く黒い玄米だったが、鰹節と一緒に味噌を溶いた湯をかけて喰うと、美味しかった。

翌朝早く白河停車場に行ったものの、汽車はまだ動いておらず、乗合自動車で昼過ぎに郡山に着いた。十一月二十八日の土曜日で、午後二時頃家に帰った。家族全員が揃っていた。入営してから八ヶ月しか経っていなかったが、頬が削げ落ち、眼が窪み、坊主頭の痩せこけた私を見て、父母も弟妹達も驚いていた。

あまり時間が無いことを伝えると、父が急いで一升瓶を持って酒を買いに行き、弟は親戚の鯉屋に走り、母が食事の用意をして、妹は風呂を沸かした。慌ただしく風呂に入り、石鹸で頭を洗うと、虱がぼろぼろと落ちた。妹が大慌てで軍服と肌着を洗い、油紙に包んでくれた。洗濯してある弟の肌着を着て、縕袍《どてら》を羽織った。

風呂から出た後、燗酒を呑むと、胃が温まってほんわかした気分になった。酢味噌でコリコリした鯉の洗いを喰い、濃厚な鯉濃《こいこく》を喰い、温かい飯や沢庵を喰うと、家庭の温かさ、優しさ、ありがたさが身に沁みた。

弟は旧制高校の三回生、妹は高等女学校の四年生だったが、近頃は勤労奉仕が多くなってきて、授業は行われなくなったという話だった。

風呂上りの清酒一合、鯉の洗い、鯉濃、炊き立ての飯ですっかり気持ち良くなり、軟らかい布団で一時間程眠ると、もう出発の時間だった。母が持たせてくれた握り飯と梅干、団子、煎餅を背嚢《はいのう》にしまって、家を後にした。大阪の教育隊に着いたのは、十一月三十日の夕方五時頃で大分暗くなっていた。門限まで間一髪だった。ただ、あまりにもギリギリすぎるという理由で、主計少尉から夕飯は差し止めにされた。夜中に、軍用毛布の中で、残っていた団子を喰った。煎餅は音がしそうで喰えなかった……

五　朝飯

「父ちゃん！　もう寝たらいいべした。明日も朝早いんだから。いつもやっと起きんのに。それに電気が点いてっと明るぐってちっとも眠らんに」

菊乃が眼を細めて、布団の中から文句を言ってきた。誠は枕元の目覚し時計を見た。午前一時半。大変だ。『シベリヤ抑留記』に夢中になって夜更かししてしまった。一眠りしたら朝四時半に起きて、米を研がなければならない。それからお湯を沸かして、山女《やまめ》を解凍して串を刺して、大根を下ろして、蜆《しじみ》の味噌汁を作って。滑子の湯通し、薇《ぜんまい》、海苔、漬物、梅干。朝飯の段取りを考えながら、誠は電気を消すと、顎まで掻巻《かいまき》を引き上げ、足元の湯たんぽを右足で引き寄せた。古田が軍用毛布の中で喰ったという団子の甘さが口の中に拡がってきて、涎が出てきた。

魔法瓶と茶櫃《ちゃびつ》を載せた丸盆を置いた菊乃に続いて、誠も朝飯の載った長角盆《ちょうかくぼん》を踏込みの上がり框に置いた。菊乃が声をかける。

「お早うございます。古田様。お目覚めでいらっしゃいますか」
「はい。どうぞ、どうぞ。起きております」
「失礼いたします」

古田は、座卓で戦友会の案内葉書を書いていた。太い万年筆で書かれた案内は、達筆だった。所々に見たことのないローマ字のような文字があった。

菊乃が畳の上に片付けられてあったご飯茶碗と汁椀、漬物皿、湯呑みを丸盆に載せた。新しい茶を淹れる。毘沙門の手前の間は、石油ストーブが点けられていて、寒さが和らいでいた。

長角盆を置いた誠が、古田に訊く。
「お早うございます。どうしましょう。布団を上げてもよろしいですか。寒うございますから、後でまたお休みになっても結構ですが」

そう言いながら誠が奥の間の襖を開けると、既に布団は畳まれていて、一番上の枕に畳んだ敷布が置かれていた。奥の間は冷え込んでいる。誠は奥の間の石油ストーブを点けた。
「すみません。勿体ないから、奥はストーブを点けないでおりました」

古田が茶を飲みながら、声をかけてきた。

「さすが、シベリヤを経験なさった方は違いますね」

誠は、布団と敷布を持ち上げると、手前の間に戻った。布団を押入れに仕舞う。枕から枕覆いを外して、枕も仕舞った。


「いやいや……帰還して十九年も経つのに、いつまでもシベリヤ、シベリヤではないですね。でも、この間のミュンヘンオリンピックで、日本の男子バレーが金メダルで、露西亜が銅メダルだった時は思わず、ざまあみろーッて叫んでしまいました」

古田は、菊乃が用意した飯を口に運びながら話した。

「私もです。男子体操でも個人総合ばかりか、種目別でも次々に金メダルで。団体で日本が金で強敵露西亜を破って四連覇した時には、飛び上がってしまいました」

「力道山もそうでしたが、戦争で負けた国にスポーツで一矢を報いるというのは、何とも気持ちのいいものですねェ。胸のつかえが下りました」

「昨日いただいた『シベリヤ抑留記』を読んでいても、戦争中はとんでもない苦労をされたんですね。まだ、大阪教育隊に入ったところまでしか読んでいませんが。夢中になってしまって、夜更かししてしまいました」

「そうですか。あまり根を詰めないで、気軽に読み飛ばしてくださいよ」

「私は軍隊経験がないものですから、眼が覚めるような内容でした」

「その割には、今朝も起こされてやっと起きたんですよ、この人」

菊乃の言葉に、誠は慌てて空いた食器を長角盆に載せ始めた。


「ハハハ。太平洋戦争では、シベリヤと南方は特にひどかったと思いますよ。シベリヤは戦争が終わってからの抑留ですからね。理不尽な話です」

「私は東京の立川飛行機で発動機の組み立てをしている時に、敗戦を迎えました」

「そうですか。戦地に送られなくてよかったですね」

「少年飛行兵になりたかったので、勤労動員での工場作業は不満でしたが」

「しかし、いい世の中になった。命の危険だけでなく、住む場所も食糧も寒さも家族も離れ離れにならないで、何にも心配しないで生きていけるのだから」

「戦争で苦労された方は、皆さんそう仰いますねェ。ところで、戦友会の日の朝食は今日と同じでいいですか」

すっかり戦時の話に夢中になっている誠に代わって、菊乃が聞いた。

「結構です、結構です。このような朝食だったら大歓迎です」

「焼き魚は、山女が少ない時は、岩魚《いわな》になる方《かた》も出てしまうのですが」

「構いませんとも。そもそも山女と岩魚の区別がつかない者もいるでしょうから」

アハハハ……三人同時の笑いが起きた。

「後程コーヒーをお持ちします。インスタントで申し訳ありませんが」

「そりゃあ、嬉しい。お願いします」

誠と菊乃は、寝具の洗濯物や盆を持つと退出していった。古田には、この旅館は菊乃で持っているように思われた。


誠は風呂場へ行くと、敷布と枕覆い、台布巾《だいぶきん》や布巾、タオルを洗濯機に入れ、風呂の残り湯を汲んで洗濯機に張った。粉石鹸を入れ、スイッチを入れる。洗濯機が回ったのを見て、帳場に戻った。帳場の石油ストーブを点けると、もどかしそうに『抑留記』を開いた。

六　大阪教育隊

——昭和十七年十二月一日、私は大阪城内《おおさかじょうない》の本丸近く、歩兵第三十七連隊に入営した。

城内の片隅に、板塀で囲まれた一角があり、この中に教官室が一部屋、小教室が三部屋あった。この区域は秘密の場所で、連隊の週番士官や将校でも板塀の中には入れなかった。

この限られた区域の中で、乙幹や高学歴の兵、七十七名が三区隊に分けられ、毎日露西亜語浸けにされていた。露西亜語通訳要員を養成するためだった。

私達は歩兵第三十七連隊・教育隊普通科第五期生と呼ばれたのだから、私達の前に四期の先輩達がいたことになる。

内地の露西亜語教育隊は、陸軍参謀本部第二課直轄で、普通科は五隊があった。東京露西亜語教育隊・八十名、大阪露西亜語教育隊・八十名、奈良露西亜語教育隊・三十名、下関《しものせき》露西亜語教育隊・三十名、大村《おおむら》露西亜語教育隊・三十名である。

満州では、哈爾濱《ハルビン》に露西亜語教育隊があった。哈爾濱には、露西亜革命で誕生した共産党政府に反対して、露西亜から逃げてきた白系露西亜人《はっけいろしあじん》が、大勢住んでいた。さらに、哈爾濱には、陸軍特務機関の本部があって、露西亜情報収集の中心地でもあった。

大阪露西亜語教育隊の教授陣は、大阪外国語専門学校露西亜語科主幹教授・岩坂敬一郎《いわさかけいいちろう》先生、元教授・三國惟親《みくにこれちか》先生、露西亜語科卒業生の石山澄《いしやますまし》先生であった。

普通課の日課は、朝飯後の八時から午後二時まで、一時間の昼飯《ひるめし》休憩を挟んで五十分授業が続いた。授業の合間に十分間の休憩があった。授業の前半は教官による指導で、後半は自習が主だった。午後二時からは体育で、野球や蹴球《しゅうきゅう》、庭球などのボール競技、剣術などを行った。私達は露西亜語専修員と呼ばれていたが、様々な兵科から集められていたので、統一性を必要とする軍隊の演習らしいことはできなかった。

土曜日の朝には、その週に勉強した範囲の中で、試験が実施された。この試験で点数が悪かった者は、日曜日の外出が取り消された。しかし、いくら軍隊であっても、息抜きのための外出が、試験の結果で左右されるのは納得できないと教官に訴えた結果、外出止めは数回で取り止めになった。普通の部隊では、考えられないことだった。

教育隊本部は、将校一名（辻井大尉）、区隊長と書記の下士官がそれぞれ二名（この下士官は乙幹出身の軍曹と伍長で私達専修員の一年先輩だった）、助教二名（牧野上等兵、山田一等兵の四期生）で、専修員出身者が半数を占めていた。

八ヶ月の予定で教育が始まったが、露西亜語特有の名詞における、男性・中性・女性の語尾変化は、単数が六通り、複数も六通りでまことにやっかいなものであった。形容詞もまた名詞に合わせて語尾が変化した。

朝から晩まで、夕飯後も教室で二時間の自習で、露西亜語の語尾変化を暗記するのに頭の中が一杯になった。不寝番で立哨している最中に、寝言で名詞の変化を口にする者さえ出た。その男は、日中も懸命に練習していたので、それ以前から皆《みんな》の話題になっていた。

昭和十八年四月、私は中支に駐留中に罹患したマラリヤを発病した。突然、悪寒に襲われ、発熱した。熱は三十九度を超えた。すぐに部隊内の医務室で診てもらった。当時は見習い士官だった軍医が、「俺が治してやるから心配するな」と言って、十日程入室させられた。マラリヤは完治しにくい病気だが、その後、全くマラリヤらしい発熱はないところをみると、よく治療してくれたものだと思う。中支の駐留が短期間であったので、あまり悪化していなかったのかもしれない。

普通科八ヶ月の露西亜語教育では、成績上位者は原隊に復帰せず、東京教育隊高等科に行くことができるというので、私も必死に勉強した。ただ、マラリヤで入室中は、十日間も授業を受けられず、皆から遅れてしまった。終了前の二ヶ月間は、哈爾濱から白系露西亜人が招かれて、徹底的に会話の練習をさせられた。

八ヶ月が経った教育隊終了日に、七十七名の中から、高等科に進む十六名が発表された。その十六人目に私の名前が呼ばれた。幸運だった。前年の四期生までは、成績上位者十五%までの十二名が高等科に進んだのだが、五期生は成績上位者二十%までを高等科に派遣することになった。私は辛うじてその最終通過者に選ばれたのだった。

これが生死の分かれ目となった。普通科終了後、原隊に戻った小堀《こぼり》君はその後、南方に送られ、ガダルカナルで戦死した。だが、本当は餓死だったと帰還してから聞いた。

七　東京教育隊

昭和十八年八月、大阪教育隊普通科を終了した中支・北支《ほくし》の出身者十名は、高等科に入隊するために東京教育隊に向かった。内地部隊の出身者は一度原隊に帰ったが、中支・北支の出身者は原隊に帰る余裕がなかった。八月十五日からの教育開始に間に合うように、東京教育隊に行った。東京教育隊は、世田谷の近衛《このえ》重砲兵《じゅうほうへい》連隊の中にあった。

省線電車の三軒茶屋《さんげんぢゃや》停車場を少し入った所に近衛重砲兵連隊があって、その片隅に露西亜語教育隊高等科があった。各地の普通科履修者から選ばれた五十名が、二教室《ふたきょうしつ》に分かれて、昭和十九年四月までの八ヶ月間、さらに徹底した露西亜語教育を受けた。

普通科ではさほど感じなかったが、高等科には学力は優秀でも、軍隊には向かない人達が集まっていた。成績は、東京帝国大学出身者が筆頭で、次に各帝国大学、外国語大学、その他文系大学、専門学校（後の私立大）出身者の順だった。中学校（後の高等学校）卒業者はごくわずかだった。

教官は、東京外国語大学の露西亜語科主任教授・佐原勲《さはらいさお》先生、名誉教授・三本杉定勝《さんぼんすぎさだかつ》先生、

名誉教授・杉田昇《すぎたのぼる》先生、陸軍参謀本部・松尾浄《まつおきよし》先生、『チェーホフ』の翻訳者で露西亜文学者・下村伯《しもむらはく》先生、元外交官・岡田《おかだ》先生、旧帝政露西亜憲兵大佐・ミーシン先生、退役陸軍中佐・保《ほ》志《し》先生などで、露西亜語の第一人者の人達であった。

三本杉先生著の『露和辞典』は、露西亜語教育には最高の辞典であり、露西亜の通訳も使用していた。杉田先生は『和露辞典』の編集をされた方。下村先生は『チェーホフ』の翻訳者として有名だった。「教育隊に来て皆さんに教えるより、自宅で翻訳をしている方がお金になるよ」と言って笑っておられた。このように露西亜語の一流の先生方の指導を受けたのだから、八ヶ月間でも、外国語大学で学ぶのと同じ語学力を身につけることができた。

演習日には三宿《みしゅく》の練兵場で体育訓練や営庭で庭球をしたり、駒沢《こまざわ》の第一銀行の運動場で蹴球をしたりした。

ある時は、大一師範《だいいちしはん》停車場（現在の学芸大学駅）まで歩いて東横線《とうよこせん》に乗り、多摩川《たまがわ》停車場で下車して、多摩川遊園地の劇場で洋画の活動写真を鑑賞したこともあった。従って私達は毎週の演習日を楽しみにしていた。

その頃の隊付き将校は、慶應大学出身の見習士官だったので、私達を大切に扱ってくれた。

隊では乙幹の軍曹が多かったのだが、飯上げなどは階級に関係なく協力し合った。乙幹の者は、原隊では飯上げなどしなくともよかったのに、とこぼしながらも一緒に仕事をしていた。教育隊に理解のある原隊では、乙幹の軍曹から甲幹の見習士官に任用替えして送り込んできた。そういう者が三名いた。

東京教育隊では、露西亜語に関する本なら何を読んでもよく、軍服は着ていたが、階級章にとらわれることもなく、伸び伸びとした雰囲気があった。

教官は、一日のうち三、四時間教室に来ると、後は自習。午後は概ね体育となっていた。夕飯後も自習だったが、露西亜語浸けの普通科八ヶ月、高等科八ヶ月の一年四ヶ月で、個人差はあったものの、大体は外国語大学四年間を履修した程度の力がついた。

私の場合、学生時代とは違って、露西亜語関係の本を読む以外仕方がないので、教育隊当時ほど一生懸命に勉強したことはなかった。殊に普通科時代は、成績が良ければ原隊に帰らずに、高等科に進めるという目標が目の前にぶら下がっていただけに、頑張れたのだと思う。それまでは全く縁のなかった露西亜語を学ぶ機会に恵まれて、語学のみでなく露西亜文学や露西亜の政治、経済事情にも興味を持った。

私は大学での専攻が英国文学であったため、シェークスピアやスウィフト、シャーロッテ・ブロンテ、ディケンズなどは原典で読んでいたが、トルストイもチェーホフもドストエフスキーもツルゲーネフも、それまでは翻訳でさえ読んだことがなかった……

「父ちゃん！　冷めねうちに早く風呂掃除してくんつぇよォ。お湯が冷えたら、嫌になっちまうべした」

菊乃の声で、我に返った。そうだった。風呂の湯が冷めないうちに掃除してしまわないと、寒くて辛くなる。誠は、急いで風呂場に向かった。

粉石鹸を塗《まぶ》した束子《たわし》で、洗い桶や腰掛を擦りながら、今日の仕事の確認をする。

先ず、古田さんの領収書を書かなければならない。宿泊料が一泊二食で五千二百円、入湯税が四十円、奉仕料が二百六十円、酒が二合二本で六百円、締めて合計六千百円。こういう時、誠は算盤を習っていてよかったと思う。暗算は得意だった。

それから、十二月二十二日の宴会の手筈だ。臨時の人手を確保しなければならない。板前の野崎《のざき》さんの都合を訊いて、調理場に手伝い二人、宴会場と客室に二人ずつの四人の仲居さんを頼まなければならない。風呂焚きは宇積《うつみ》さんに頼むとしよう。スキー場がその時に始まっていなければいいのだが。スキー場の根雪が早くて、クリスマス前からの営業になった時は、仕方がない、知り合いを一人ずつ当たるしかないか……

水洗にした便所の凍結防止方法についても、涌井《わくい》水道屋さんと相談しなければならない。

バス停から旅館までの雪掻きはどうしよう。

食材と石油の残りも確かめておく必要がある。ボイラーへの給油タンクの残量は……

酒も伊賀《いが》屋《や》さんから持ってきておいてもらわなければならないだろう。ビールやウイスキーは余裕があるが、清酒は四、五升位しか残ってないはずだ。二十人の宴会では足りなくなる恐れがある……

風呂の掃除を終えると、誠は帳場に戻って算盤を弾き始めた。精算金は暗算で計算したのと同じ額になった。複写紙付き領収書を書いた。一万円札を出された時のために、三千九百円の釣銭を手提げ金庫の端に選り分けた。

「あのう、遊歩道を歩いて行くと、青沼《あおぬま》まではどのくらいかかりますか？」

古田が帳場の前で聞いてきた。オーバーを着て革手袋を嵌めている。

「えーと、距離は三キロ半位なんですが、登ったり降《くだ》ったりで小《こ》一時間といったところでしょうか」

「そうですか。そうするとこれから行けば、余裕をみても昼までには戻って来られますね」

古田が腕時計を見た。

「そうですね。男性であれば往復二時間はかからないかもしれません」

「それでは、ちょっと出かけてきます。荷物は置いていっても構いませんか？」

「ええ、どうぞ、どうぞ。お気を付けて行ってらっしゃいまし」

「では、行ってきます」

「あ、古田様、足元は良くありませんから、長靴の方がよろしいですよ」

短いブーツを履こうとした古田を見て、誠は素早く敲《たた》きに降りて草履を履くと、下駄箱を開けた。下駄箱の中には黒い長靴が六足程並んでいた。どの長靴にも後ろに小さな数字が白いペンキで書いてある。

「足は何センチですか」

「二十五・五ですが」

誠が、二十六と書かれた長靴を古田の足元に置いた。

「あいにく二十五・五がなくて、二十六になってしまうんですが。これが緩かったら、二十五を出しますが」

古田が履いてみる。

「あ、大丈夫です。緩くはありません」

「念のために二十五も履いてみますか？」

「いえ、これで十分です。ありがとうございます」


オーバーを着て革の手袋を嵌め、長靴を履いた古田の姿を見た誠が言った。

「露西亜軍の下士官みたいですね」

「あんな薄情な軍人にはなりたくありませんがね」

ハハハハ……二人は声を揃えて笑った。

「抑留記、まだ東京の教育隊高等科までしか読んでいないんですよ」

「まあ、焦らずにゆっくりと」

誠の言葉に、古田が相槌を打った。

「あ、ちょっと、ちょっと。古田様、これをお持ちください」

調理場から走ってきた菊乃が、慌てて帳場の後ろの棚から一枚の地図を取って、古田に渡してきた。色刷りの地図には、遊歩道に沿った五色沼の特徴や所要時間、動植物についての説明があった。菊乃は、地図を透明の書類入れに入れると、細い帯を古田の右肩に襷掛けにした。

「作戦地図をぶら下げて、露西亜軍の下士官から将校に出世しましたね」

誠の言葉に古田が笑い出した。

「父ちゃんたら、何失礼なこと言ってんの」

「いやいや、その通りですよ。露西亜の将校にしたら痩せっぽちですが」

古田は直立不動の姿勢をとると、肘を横に張り出した露西亜式の敬礼をした。

「では、フルターコフ・カズミンスキー、青沼攻略戦に行ってきます。ニヤ　プリゾ」

古田のおどけた口調に、誠と菊乃は大笑いした。


古田が出掛けたのを見届けると、誠は洗濯物を廊下の物干し竿に干した。濡れた洗濯物は、震えがくるほど冷たかったが、シベリヤのように凍らないだけましかもしれないと思った。誠は帳場の石油ストーブの前に座り込むと、再び『抑留記』を開いた。

八　関東軍特種情報隊

――昭和十九年四月、露西亜語教育隊高等科修了者四十九名は、原隊を離れて新しい勤務地に向かうことになった。

参謀本部三名、教育隊特別高等科六名、駐留蒙古軍《もうこぐん》司令部七名、樺太《からふと》北部軍司令部十四名、関東軍司令部十九名という配属だった。私は他の十八名と共に関東軍司令部に転属となった。

五月一日、朝鮮《ちょうせん》を経由して新京《しんきん》（現在の長春《ちょうしゅん》）にある関東総軍司令部参謀部第二課に到着、申告をした。

司令部直轄の関東軍特種情報隊に配属となったのは、成島《なるしま》、坂口《さかぐち》、丸川《まるかわ》と私の四名だった。成島は教育隊を主席で卒業、坂口も成績優良、丸川も上位の成績であった。しかし、私は下から数番目の成績だったので、何故彼らと同じ勤務地になったのか、不思議だった。

他の十五名は、哈爾濱特務機関へと向かったが、そのうちの何名かは二、三の勤務地に分かれた。残った十名程が、哈爾濱特務機関で露西亜語通訳として、露西亜の情報収集に従事したのだが、彼らは軍服ではなく、満州で一般的だった協和服を着ていた。そのため、後日露西亜からスパイとして刑を受けることになってしまった。

昭和二十年八月、私と成島、坂口、丸川の四人は関東軍特種情報隊の新京本部に勤務していた。八月十二日夜、南嶺《なんれい》が露西亜軍に爆撃されると、関東軍司令部は予定通り通化へ撤退した。関東軍上層部は露西亜軍の侵攻を予想していたものと思われる。

関東軍は抵抗できないまま露西亜軍の侵攻を受けた。露西亜軍の侵攻と同時に、急いで暗号書類の焼却が始められた。暑い最中に三日三晩関係書類を燃やし続けた。最後の二日間は停電、断水になってまともな食事ができなかった。

八月十七日、私達は侵攻してきた露西亜軍に武装解除されて、俘虜となった。通化の兵舎で、外へ出ることは取り調べと便所へ行く以外、一切許されず、最低限の水と黒パンを与えられた。がさつな露西亜兵から「オイ」とか「オマエ」とか呼ばれて、まるで犯罪者のような扱いを受けて惨めな思いをした。戦争に負けるとは、俘虜になるとはこういうことかとつくづく思い知らされた。

八月末、私達俘虜は吉林市の師道大学に集合させられた。将校二十五名を含む一千名の一個大隊だった。大隊長・水野谷仙吉《みずのやせんきち》中尉、副官・田端《たばた》少尉、私達露西亜語通訳四名は、大隊本部付きとなった。師道大学の校舎は露西亜軍が使用し、私達は校庭の幕舎に、寝返りが打てないほど詰め込まれた。

九月中旬、大隊は露西亜軍の列車で吉林を出発した。輸送指揮官である露西亜の上級中尉は、浦塩《うらじお》（ウラジオストック）経由で日本へ帰すなどといい加減なことを言っていた。列車は北へ進んでおり、どう考えても浦塩方面へ向かっているとは思われなかった。ようやく満鉄北端の黒河《こっこう》に着き、アムール（黒竜江《こくりゅうこう》）を渡った。そこは、ブラゴヴェシチェンスクだった。露西亜領に入ったのである。九月下旬だったが、夜にはかなり冷え込んだ。

ブラゴヴェシチェンスクには他の大隊もいて、露西亜領内に入ったことは誰の眼にも明らかだった。もはや祖国へ帰還できるとは考えられなかった。ただ、この大部隊であれば、このまま うやむやに殺されることはないだろうと、楽観的に考えていた。

私達は、敗戦による最初の日本兵俘虜の大量輸送だから、露西亜側も容易ではないだろうと考えていたのだが、帝政露西亜時代から、彼らは囚人の輸送を組織的に行ってきた。反体制主義者達のヨーロッパからシベリヤへの移送、独露戦でのドイツ系やウクライナ系兵士のシベリヤへの移送、満露国境の朝鮮系民族のウラル地方への移送などは、当たり前にやってきた国だった。

国内の強制収容所（ラーゲリ）から囚人を満露国境の戦線に、刑期を棒引きして兵隊として送り出し、その空いたラーゲリに日本人五十万人を収容することなどは、スターリンの号令一下、簡単に行われた。

満州に侵攻した露西亜軍の部隊は、囚人部隊とか泥棒部隊といわれたほど、掠奪、強姦など好き勝手に振る舞った。ただ、支那の日本軍も同じで、昔から戦争に掠奪、強姦はつきものであった。ラーゲリに着いてみると、食糧、衣類など何もかもが満州からの掠奪品であった。米袋や芋の袋、衣類の木箱には、全て漢字が書いてあった。

ブラゴヴェシチェンスクに二日間待機させられた後、囚人用列車に乗せられた。引き込み線に入っていた列車は、一両に五十人を収容できる有蓋貨車で、上下二段の棚になっていた。車両の真ん中にある扉近くに、小便用の樋が付けられていて、その樋を通して貨車外に放尿した。列車は一日に一、二回停車したが、止まる度に支給された雑穀を大鍋で炊いて、食事を摂った。

　一日に三百グラムの黒パンが支給されることもあったが、黒パンの支給は全く不規則で、敗軍の悲しみを味わった。列車はいつ出発していつ停車するのか一切知らせはないし、どこを走っているのかさえも教えてもらえなかった。露西亜の兵士達も分からなかったのかもしれない。私は、露西亜の情報収集をしていた関係から、若干の地名を知っていたので、チタ、ウランウデなどの駅名から、西へ運ばれていることだけは理解できた。いわゆるシベリヤ送りであると諦めなければならなかった。

　数日後、列車は大きな湖の側で停車した。これこそバイカル湖で、見渡す限り水面だけで、対岸などは全く見えなかった。ザザーッ、ザザーッと海のような波が打ち寄せていて、岸辺には無数の貝が打ち上げられていた。

　水際で大鍋での雑穀炊飯をしたのだが、水は冷たく、景色は寂寞としていて、ここがシベリヤであることを改めて痛感させられた。

　コンボーイ（監視兵）は、私達俘虜の逃亡を警戒して、線路の近くで用便をするように命じたので、全員が貨車の下に潜り込んで用を足した。線路の両側は、先に用を済ました者達の大便で、足の踏み場もなくなっていた。

ブラゴヴェシチェンスクを発って十日後、ノヴォシビルスクを過ぎると、田舎駅の引き込み線に列車が停まって、私達は貨車から降ろされた。既に十月になっていた。

そこから一キロ程歩かされて、アルタイスカヤ第五収容所に着いた。長さ百メートル、幅七十メートル、高い板塀で囲まれた収容所の四隅には、五メートルの高さの望楼があって、監視兵が二時間交代で終始監視していた。

板塀の内側四メートルは、きれいに土が掘り起こされ、丁寧にならされて有刺鉄線が張り巡らされていた。ザプレツトナヤゾーナ（立ち入り禁止区域）と呼ばれる逃亡防止のための境域だった……

九　青　沼

「父ちゃん、まだ柳沼《やなぎぬま》の窓の雪囲い、残ってんべした。早くやってくんつぇよォ。午後は雪になるっていう話だよ」

「分かった、分かった。今、やっから」

菊乃の催促に、誠は仕方なく『抑留記』を閉じた。シベリヤの大変さに比べたら、日本の寒さなど可愛いものだろう。それでも雪囲いはしなければならない。雪囲いをしないと、屋根から落ちてくる雪で硝子が割れたり、雪が付いて窓が開かなくなったり、暖房効率も悪くなるし、結露したりする。

柳沼は六畳の和室で、窓は幅一間、高さ四尺五寸だった。ポリカーボネート波板二枚を、窓枠の外側の木枠に木螺子《もくねじ》で留めていけばいい。誠は、襟に毛の付いたアノラックを着ると、耳当ての付いた帽子を被った。軍手を嵌め、道具袋を腰に提げる。物置から透明の波板を二枚、持ち出した。三間梯子を二階客室の一番奥、柳の間の手前の狭い屋根に立て掛ける。梯子がしっかり立っているのを確かめると、左手で波板一枚を持ち、右手だけで梯子を昇る。梯子に立ったまま、器用に右脚の足裏で波板を押さえながら、プラスの螺子回しで木螺子を締めていく。梯子を少しずつ降りながら、下まで留め終えた。猿のように地面に降りると、もう一枚の波板を持って再び梯子を昇った。二枚目を留め終える。

振り返ると、毘沙門沼は細波をたてて煌めいていた。風が出ていて、岸辺の薄が揺れている。遠く青沼や柳沼がある西の空に、白雲が湧いていた。誠の頭上には青空が広がっているのに、細かな雪が舞い始めていた。西の空に広がり始めた厚い白雲から、流されてきたのだろう。古田さんもそろそろ青沼から戻って来てくれればいいが……

誠は、今度は慎重に梯子を降りた。

古田は、青沼の辺《ほとり》に立っていた。

水は透明度が高いのに、新橋色《しんばしいろ》の沼は白が混じった色の場所もあれば、浅葱色《あさぎいろ》の濃い色も水《みず》浅葱《あさぎ》の優しい色も隣り合わせに存在している。太陽の光を受けている時は、キラキラと露草色《つゆくさいろ》に輝いているのに、太陽が雲間に隠れると、一瞬にして空色や水色の淡い上品な色へと移り変わる。神秘の沼……

やはりバイカル湖とは違う。ここは大和の国だ、日本だ。見えるか、この美しい沼が。この不思議な色が。成島、坂口、丸川、空の上からこの沼が見えるか……

いつの間にか雪が舞ってきていた。

成島、お前がこの雪を降らせているのか。教育隊を主席で卒業したのに、死んじまったら何にもならないだろうが。あと半年生きてれば、日本の土を踏めたんだぞ。津田塾《つだじゅく》に通っているという許嫁《いいなずけ》がいただろう。美人ではないが、気立てはいいって言ってただろう。お前が無事帰ってくるのを、首を長くして待っていたと聞いたぞ。女を悲しませるのは、男として恥ずべきことなんだからな。優等生のやることじゃないんだからな。

坂口、外務省に入ったお前の娘は、優秀で本省の課長補佐になったそうだ。まだ三十代なのに。あのオムツをして、這い這いしていた娘がだ。肌身離さず写真を持っていただろう。自慢していいぞ。お前には勿体ないくらいの娘だ。これからも天国から応援してやれ。

丸川、お前のご両親は、未だに月命日のお墓参りを欠かさないと聞いたぞ。お前が死んで、二十年にもなるのに。これまでに月命日が何回あった？　二百四十回だぞ、二百四十回。毎回花を持ってお墓参りを続けているんだそうだ。ご両親がそっちへ行ったら親孝行しろよ。でないと罰《ばち》があたるからな。

古田は、青沼に亡くなった戦友達の面影を見ていた。戦友達の魂は確かに其処《そこ》にあった。古田が語りかける度に、青沼の水がざわつき、色が変化し、波が奥から手前へと伝わってきて、波光が輝いた。ヒューンと風が啼き、薄が揺れ、枯れた木の葉が高く舞い上がった。百舌《もず》が高い梢でピーッと鋭い鳴き声を発した。

俺も近々そっちへ行くからな。そうしたら、また四人でラオチュウ（老酒）でも酌み交わそうや、久し振りに……

古田は、持ってきた紹興酒を水際に注ぐと、青沼を後にした。

十　ラーゲリ

――私達が収容されたラーゲリは、隣接する鉄道用無蓋貨車（プラットホーム）製作工場付属のもので、正門には大きな看板があって、女の門番が二人、銃を持って立っていた。大きな工場とラーゲリが一組となって、囚人達をシベリヤ開発の労働力としていた。ラーゲリに収容されたほとんどの者が、その工場の各現場に割り当てられた。

機械現場（旋盤、ボール盤など貨車の部品）、木工現場（貨車の側板、工場内・従業員宿舎の家具）、鍛冶現場（ブレーキなどの鍛造製品）、車輪現場（車輪、車軸）、機械修理現場（工作機械の修理）、鉄屑現場（各現場から出る鉄屑を貨車に積み込む）、中央倉庫（各現場に材料を供給）、発電所（火力発電所への石炭運び）、車両組み立て現場（無蓋貨車の組み立て）で、一日三交代で作業させられた。

その他、工場従業員の宿舎建設、道路工事、収容所職員宿舎の整備にも人員が割り当てられた。ただ、ラーゲリは独立採算制を採っていたので、幹部はなるべく稼ぎのいい、貨車製作工場の作業現場に人員を向けたがった。

ラーゲリ側の職員は、収容所長の下で、作業担当将校二、三名、門番当直将校数名、経理担当将校一名（この者が職員を始め、収容者全員の食糧や衣類など物品の総括者で、実権を握っていた）、金銭出納担当将校一名、軍医将校一、二名、衛生兵と看護婦若干名が勤務していた。

さらには、所長代理と称する憲兵（ゲ・ペ・ウ）が特殊任務者として、我々日本人の監視と、収容所勤務職員の監視に当たっており、生殺与奪の権限を持っていた。所長代理の名称ではあるが、実際には彼が一番の権力者だった。

物の不足しがちな共産党独裁の国では、このような特別監視者が必要であり、その監視下でも物資の横流しや賄賂が横行しているのであった。

収容所の四隅にある監視用望楼に二時間交代で立つ兵隊は、収容所長の部下ではなく、国内の護衛連隊（コンボイヌイポルク）に所属している。護衛連隊が組織されているということは、監視される囚人の多さを物語っている。

戦勝記念に囚人を解放して、空いた収容所に日本人五十万人を収容するということを考えたのは、スターリンだった。

　私達は運よく雨露をしのげる収容所の建物に移送されたが、山林伐採に割り当てられた隊は悲惨だった。旧日本軍の天幕を張り、厳寒期でも半地下の洞窟のような所で寝泊まりしながら、作業をさせられた。


　シベリヤは元々が帝政露西亜の時代から流刑地だった。日本でも北海道開拓では、囚人が送り込まれた。網走地方の道路は、ほとんどが網走刑務所の囚人によって建設された。

　スターリンの力で併合したバルト三国はもちろん、ウクライナ、ベラルーシ、アーゼルバイジャン、ウズベキスタン、グルジア共和国などが、露西亜共和国露西亜連邦としてスターリンの抑圧下におかれた。ささいなことで反政府の烙印を押された人達が、囚人として強制労働に従事させられたのであった。


　私は、後日裁判を受けることになって、未決監獄に入れられた。その時同じ房にいた露西亜人に聞かれたことがある。

「露西亜連邦には、何種類の人種がいるか知っているか?」

「共和国が十六、それにユダヤ人、朝鮮人など東洋人もいるから二十種類位の人種はいるだろう」

私が答えた途端、その露西亜人は笑い出した。

「わずか三種類だ。我々のように現在監獄に入っている者、既に監獄から出た者、そしてもう一種類は、これから入ってくる者だ」

露西亜では笑い話になるほど簡単に囚人を作り出し、国家建設を推進するため強制労働に従事させ、時には命さえ奪うこともあった。

ある夜、「工場に石炭を積んだ貨車が入ったから、石炭下ろしに五十人程出せ」という命令がきた。二ヶ月近くもまともな食糧を与えられないでいた私達は、疲労困憊していたが、仕方なく各中隊から若干名ずつ出してもらい、通訳として私が同行した。

十月のシベリヤの夜はかなり寒かったが、作業をしている間は寒さを気にする余裕さえなかった。夜中の十二時頃、「夜食を支給するから小休止」と言われ、監視兵に誘導されて工場の食堂に行った。

私達の誰もが、顔も手も石炭の粉塵で真っ黒だった。露西亜人労働者は三交代で作業しており、前半夜勤務で作業を終わった労働者が、初めての日本人俘虜を一目見ようと食堂入り口に集まってきた。

私達は食堂入り口の流しで手を洗い、静かに着席して次の指示を待った。その様子を見ていた露西亜人達は驚いて大声を上げげた。

「オー、ヤポンスキー、クリトゥルヌイ！（おお、日本人は修養がある）」

戦いに敗れたとはいえ、つい二ヶ月前までは帝国軍人だったのだから、当たり前である。しかし、露西亜人達にしてみれば、囚人なら手を洗うどころか、我先に配膳口に殺到するものと思っていたようだ。囚人ならばそれが普通で、きちんと手を洗い、一言も発せず静かに席に座って指示を待つ日本人俘虜達は、不思議に見えたらしい。

夜食は、大き目の土器に半分程の粟粥《あわがゆ》だったが、二ヶ月も食事らしい食事を摂っていなかった私達には、その粥は本当に旨く感じられた。露西亜では、「カーシャ」と称して、蕎麦、燕《えん》麦《ばく》、粟などの雑穀を粥にして、向日葵の油を入れ、黒パンと一緒に食べる食べ物であった。

工場で働くほとんどの露西亜人達は、配給の黒パンを真っ黒に汚れた作業服の小脇に抱えて、つまみ食いをしながら歩いて家路に就いた。日本人はクリトゥルヌイ（修養がある）と驚いたのも無理はなかった……

十一　昼　飯

「ただいま帰りました……」

玄関で発せられた声を聞くと、誠も菊乃も慌てて蕎麦を喰っていた箸を置いた。先を競うように玄関へと急ぐ。古田が、上がり框でオーバーの雪を払っていた。

「フルターコフ・カズミンスキー、青沼偵察から無事帰還いたしました」

敬礼をする古田に、誠が敬礼で返した。

「御苦労様でした。ちょうど昼飯を喰っていましたので、一緒に喰うことをお勧めします」

「それはありがたい。御相伴《ごしょうばん》に預かってもいいですか」

「どうぞ、どうぞ。田舎蕎麦で、お口に合いますかどうか。ささ、早くお上がりになって」

菊乃の言葉に、古田は地図を外し、オーバーと長靴を脱ぐと、長靴の向きを変えて揃えた。

そのまま、誠と菊乃に付いて調理場へ向かう。

菊乃は、茹でた蕎麦を丼に移すと、もうもうと湯気を立てる鍋から汁《しる》をかけた。鶏肉、油揚げ、舞茸、滑子、葱――熱い丼から蕎麦の香りが立っていた。ほんのり苦味のある素朴な山の恵み。身体に滲み込むような野生の味……

「ああ、旨い！　熱くて腹が温まる」

そういうと、古田は丼に口をつけて、汁を啜った。

「ああーッ！　旨いッ！　久し振りにこんなに旨い蕎麦を喰った」

「お世辞でもそう言っていただけると、作った甲斐があるっていうもんです。それに比べたらこの人なんか、旨いんだか、不味いんだか、暗闇から引きずり出された牛みたいにはっきりしなくて」

「暗闇から引きずり出された牛で悪かったな」

アハハハハ。誠の反発に古田は思わず笑った。

「田舎の蕎麦は絶品ですよ。寒さも疲れも吹き飛ばす美味しさです」

「そうですか。もう一杯いかがですか？」

「食べたいんですけど、これ以上は身体が受け付けなくて」

「あら、男の人にしては少食なんですねえ。背も高くていらっしゃるのに」

「俺はもう一杯喰うぞ。背は低いけど」

「自分で装って、何杯でも喰わっせ」

誠は、憮然として自分で蕎麦を装った。古田は、下を向いて笑いを堪えた。

十二　犠牲者

——敗戦、武装解除、吉林にある師道大学での幕舎生活、一ヶ月近い貨車輸送、二ヶ月もの間、入浴はおろか、水浴びも洗濯もできず、飲み水のわずかな残りで身体を拭くだけだった。

私達の衣類には虱が湧き、背中や腹部はもちろん、襟元までむずむずと虱が這い出る始末だった。日溜りでは、俘虜達は皆、猿同様に上着や下着を脱いで懸命に虱取りをした。衣類の縫い目にビッシリといる虱を片っ端から潰すのである。大方退治しても、宿舎に入って横になると、背中や腹の辺りですぐにモソモソと動き出した。眠れるはずがなかった。

ラーゲリに到着後は、工場の各現場に割り当てられ、よたよたしながら作業に出た。寝る時だけの、バラック（半地下式宿舎）が与えられたものの、食糧は親指大の小さな馬鈴薯《ばれいしょ》十個だったり、大豆や豌豆豆《えんどうまめ》がアルマイトの皿一枚分だったりした。

俘虜規定では、一日の俘虜の食糧は、黒パン（燕麦、玉蜀黍《とうもろこし》入り）三百六十グラム、雑穀（粟、蕎麦、燕麦など）四百五十グラム、食肉五十グラム、魚百五十グラム、野菜（馬鈴薯、キャベツなど）八百グラム、砂糖十五グラム、岩塩五グラム、若干の煙草、茶などと決められていた。しかし、どこでどう横流しされてしまうのか、俘虜の食糧までもが、碌《ろく》に食糧がない露西亜国内へいってしまうらしく、私達のところへは規定通りの量がきた試しはなかった。満州から輸送した戦利品の豆類や高粱などを少量、一日二回支給されただけだった。敗戦以来、粗末な配給で貨車に揺られ続けた私達は、ラーゲリに着いた時には、体力を消耗し、不潔極まりない状況と栄養失調で、病人が続出したのであった。

ラーゲリでは、板の二段寝台で、一人一枚の毛布が支給されたのみで、常に着の身着のままで眠った。三人で一組になり、一枚の毛布を下に敷いて、二枚の毛布を身体に掛け、頭と足を交互にして寝なければならなかった。

朝の点呼で隣の者を起こそうとしたら、全然動かない。いつの間にか死んでしまっていた。こんなことも決して珍しいことではなかった。食糧不足からくる栄養失調らしかった。

昭和二十年十一月下旬、ラーゲリの軍医の方針で、ようやく虱の駆除に乗り出すことになった。週一回の入浴時に、衣類を高温消毒することになった。その結果、虱はかなり減らすことができたが、栄養失調と疲労による病人は、相変わらず続出した。

十二月に入ると、発疹チフスの患者が日を追って増え、工場への出勤が停止された。蔓延した発疹チフスの患者は、医務室への収容だけでは間に合わず、バラック四棟中二棟は病室、一棟は病後回復中の者、残る一棟が回復した者と罹患しなかった者というように分けられた。

発疹チフス蔓延の最盛期には、毎日十数名の死亡者が出た。倉庫が慰安室となったが、埋葬する者さえ手薄となり、倉庫には埋葬を待つ死亡者、何十名もの遺体が安置された。

零下三十度の慰安室では、何十名もの病死した俘虜の遺体の傍らに、飯盒や雑嚢などの遺品があった。ラーゲリの俘虜達は、誰もが目ぼしい物は何一つ持っていなかった。そこで、真夜中になると、全く明かりがない真っ暗闇の霊安室に、死者の遺品を盗みに行く者が現れた。

敗戦によって、日本人としての誇りも道徳も失ったとはいえ、あまりの情けなさに何とも言えない気持ちになった。よく言われる生き地獄とはこんなものだろうかと、嘆かわしくなった。

死亡者が一日に一名か二名のうちは、用意しておいた木製のお棺で埋葬したが、一日に数名の死亡者が出るようになると、大きい共同お棺に入れるようになった。その共同お棺さえ足りなくなってくると、死亡者はお棺に入れられることもなく下着のまま埋葬され、さらに人数が多い時には、死人には下着さえ勿体ないということで、裸のまま貨物自動車に山積みにされて埋葬地に運ばれた。

シベリヤでは厳寒期には地下二メートル以上も土が凍っており、穴を掘ってちゃんと埋葬したつもりであったが、翌年春の雪解け期になってみたら、土の中から手や足がニョキニョキと生えていた。早速特別埋葬の人員が割り当てられて、数日がかりで埋葬し直した。

私がいたラーゲリでは、一千名中二百数名が、最初の越冬時に犠牲となった。しかし、山林伐採などで山に入った収容所の俘虜は、四十%が死亡したともいわれた。

露西亜側の発表では、最初の冬の日本人俘虜の死亡者数は四万人ということだが、私には全体の二十%かそれ以上で、十万人が最初の越冬でシベリヤの大地に眠ったと思われた。

私がいたラーゲリで死亡した二百数名の中で、二名だけは名前と死亡の経過を今でもはっきりと覚えている。

上等兵の山住《やまずみ》は自称「絵描き」だった。ラーゲリは男ばかりの集団で、娯楽などは何もなかったから、彼の描く「春画」は随分もてはやされた。ラーゲリ到着後の貨車製作工場で、彼は得意の春画で、露西亜人労働者から黒パンを大分稼いだという評判だった。しかし、山住はかねてから持っていた梅毒菌が悪化して、医務室へ入室を余儀なくされた。

医務室には、女の軍医と三人の看護婦（セストラ）がいて、日本人も高野《たかの》軍医と大澄《おおすみ》軍医がおられたが、薬品らしいものはほとんど無く、患者達に対して手の施しようがなかった。わずかにあった薬は全て液状のもので、散薬、丸薬は見たことがなかった。不足する薬の中で、下剤だけは十分にあった。

このような状況なので、持病を持つ者は次第に悪化していくだけであり、山住も何の薬も与えられずに梅毒が悪化し、翌昭和二十一年の一月、全身が崩れ始め、泣きながら死んでいった。私はその時、作業に出ることはなく、医務室の通訳を命じられていたので、悲惨な状況を毎日見ていた。

また、景浦《かげうら》憲兵曹長が突然腹部の激痛を訴えて、日本人軍医の診断の結果、腸閉塞か腸捻転の疑いで早急に手術を要する状態であった。だが、薬品がないくらいだから、手術用具もなかった。麻酔薬と手術用具さえあればと、軍医達は口惜しがったが、どうするすべもなく、痛み苦しむ景浦憲兵曹長が一昼夜に亘って死亡していくのを見守るしか方法がなかった。

吉林で一千名を一個大隊として編成したものの、何の関係もない将校、下士官、兵を数だけ揃えた部隊だったので、私にとっては個人的な繋がりは全くない者ばかりであった。死亡者の名前も知らない者がほとんどだった……

十三　別　れ

「それでは、フルタ―コフ・カズミンスキー、一旦郡山のパォラナイツィエに戻って、また十二月二十二日にお邪魔いたします」

「それはどこですか？」

　菊乃の問い掛けに誠が呟いた。

「収容所はラーゲリだし……」

「収容所のような所ですよ」

　古田は、哀しそうな表情で言った。それから、気を取り直したように別れの挨拶をした。

「いやあ、青沼を見られて良かった。あの沼には不思議な力があると聞いていたものですから。満足しました」

「不思議な力？　父ちゃん、聞いたことあっかよ？」

「ああ、大分前に一遍だけあった。何でも青沼に行ったお客様があそこで、死んだ戦友達に出会えた、とか言っていたっけ」

「そんなこと、あるわけねえべした」

「いや、ひょっとしてそれは本当のことだったかもしれませんよ」

「まさか。学のある古田様がそんなことを信じるなんて」

菊乃は、ばかばかしいというように首を振った。


「では、十二月の戦友会、お手数をかけますが、宜しくお願いいたします」

お辞儀をして玄関から出た古田を、誠と菊乃が慌てて追いかけた。

「こちらこそお待ち申し上げておりますので、宜しくお願いいたします」

「お気を付けてお帰りください」

誠と菊乃は深々とお辞儀をした後、古田の姿が見えなくなるまで手を振り続けた。旅館からの下り道を歩きながら、古田は高原の清涼な空気の中に人の気配を感じていた。生きている人か死んだ人か判らなかったが、崇高な精神の持ち主が存在していた。恐怖や畏怖《いふ》ではなく、慈愛に満ちた眼差し。大気は冷たかったが、古田の胸の中は温かかった。

十四　大隊本部

――昭和二十一年一月下旬、私が大隊本部の当直の晩のことであった。

大隊本部は収容所内の敷地の真ん中に位置していた。丸太小屋の独立家屋で、二部屋からなっていた。六畳程の事務室と、四畳程の寝室があり、寝室では大隊長・水野谷仙吉《みずのやせんきち》中尉が起居していた。

大隊本部の通訳は、私と同部隊・関東軍特種情報隊の大森利道《おおもりとしみち》通訳生、それに山田《やまだ》軍曹の三人が交代で、事務室に当直していた。いつどんな時に何が起こるか分からないので、本部には必ず通訳が当直していた。

真夜中（恐らく一時か二時頃）に、本部入り口の扉をドンドンと叩く音がした。この時間は露西亜の当直者でも就寝中であるはずだが何だろうと思って、内側から鍵を開けてみると、病気で入院中のはずの兵士が裸足で立っていた。

「先ず中に入れ」

私は兵士を事務室に招き入れた。

「どうした、今頃？　医務室から抜け出したのか」

彼は寒さに震えながら、私の顔を覗き込んで懸命に訴えた。

「衛生曹長が私の額の上にダイナマイトを置くのです。取り払っても取り払っても、いつ爆発するか分からないダイナマイトを置くのです。どうか衛生曹長に話をして、ダイナマイトを置かないように言ってください」

可哀想なことに、兵士は発疹チフスの高熱のために、頭が少しおかしくなっていたのであった。話の前後の様子から概ね状況が飲み込めた。私は彼を医務室へ連れていき、衛生兵に「ダイナマイトを額に置くのは止めてくれ」と言った。そして彼に告げた。

「もうダイナマイトは額に置かないと言っているから、心配しないで眠れ」

兵士は納得して寝床に就いた。高熱のために衛生兵がタオルで額を冷やしてやっていたのを、ダイナマイトを額に載せられたと勘違いしたのだった。


昭和二十一年二月十九日は私の誕生日であり、二十七歳になった。その日、私はワフチョール（守衛）に頼んで、外出を認めてもらい、バザールに牛乳を買いに行った。ラーゲリではどん底の生活であったが、大隊本部の人達とせめて牛乳でも飲んで、誕生祝いをしようと考えたのだ。バザールでは牛乳はボールに入れ、凍らせて売っていて、布に包んで持ち帰ったのだが、運ぶのには便利だった。凍った牛乳をペーチカの上の飯盒で溶かし、大隊本部の勤務者で飲み、ささやかな誕生祝いをした。その時にちょっと熱っぽい感じがしていたのだが、翌朝になるとやはり高熱となった。三十九度位だったのではないだろうか。

すぐに医務室に行って診察を受けると、発疹チフスと診断されて早々に入室となった。日本人俘虜一千名の大部分の者が、順番にと言っていいほど発疹チフスに冒されたのだから、特に不思議とも感ずることなく、他の患者と共に服薬静養に努めた。

高熱は一週間位続いた。碌な食物《しょくもつ》も摂れなかったので、身体は大分痩せ衰えた。私は医務室の通訳として勤務していたので、露西亜側の軍医や看護婦達と親しくなっていた。そんな私を、彼らは大事に取り扱ってくれた。

二週間程で病勢は治まり、その後一週間程は通訳の勤務をしながら、入室患者として病室にいた。私の病気が快復する頃には、大隊の衛生状態も大分良くなり、春の訪れも目前になって死亡者も少なくなった……

十五　アルタイスカヤ収容所　バルナウル収容所

――アルタイスカヤ収容所では、二年間のラーゲリ生活を送った。露西亜は、日本人俘虜が旧軍の編成のままでは、意思の疎通がよくできているので、反乱や逃亡を防ぐためにも、関係のない部隊の将校と兵を一緒にして編成したらしかった。

仕事の都合上、私はどの隊の人達とも共に行動したり、お世話をする機会があった。通訳抜きでは、日露共に何事につけても意思の疎通が図れなかったからである。

アルタイスカヤ収容所では、思いがけなくも安積中学《あさかちゅうがく》時代の同級生・高畑《たかはた》君と顔を合わせた。十五歳で中学校を卒業して以来、十二年振りの再会だった。高畑君は第四中隊付きの将校で中尉、私は大隊本部付きの通訳で軍曹だった。

友人や学校の話をするうちに少年時代が思い出されて、故郷や家族を懐かしんだ。高畑君はその後、昭和二十三年に二十九歳で帰国できた。

私は、アルタイスカヤ収容所に続いて、バルナウル収容所で一年間を過ごした。全く不条理なスターリン独裁の犠牲者として、真冬には零下三十五度にもなるシベリヤで、どん底生活を送らなければならなかった。

バルナウル収容所では、通訳として忙しい日々を送った。しかし、ある日、私は関東総軍司令部直属の関東軍特種情報隊暗号解読班に勤務していたことを咎められた。暗号電報はモールス信号で送信されるが、生の電報は数字で表されていて、それを暗号書と辞書を頼りに露西亜語に変換し、それから日本語に翻訳した。その仕事が露西亜共和国刑法第五十八条の六項、情報収集、つまりスパイ活動に従事していたと見なされた。

昭和二十三年五月、私達はシベリヤ西部の田舎であるアルタイ地方・オビ河沿岸のバルナウルから、満州国境の北、樺太に近い極東最大級の町・ハバロフスクに移動させられた。ダモイ(帰国)と称して、アルファベット順に呼名点呼があり、その中から特に指名された者だけが、十数輛編成の俘虜護送用列車の最後尾車輛に集められた。その数は五十名程だった。露西亜側では、私達の身分とか在満当時の勤務についていては、調査が済んでいたはずである。それまでに個人的な取り調べらしいことは全くなかったのに、関東軍特種情報隊暗号解読班の先輩・大森利通通訳生も指名されて最後尾の車輛だった。

バルナウルを出発、ノヴォシビルスク、クラスノヤルスク、ウランウデ、チタ、ブラゴヴェンチェンスクを通過、最後の関門と思っていたハバロフスクに着いたら案の定、私達の乗っていた一輛だけが、ガチャン！　と切り離されて下車させられた。

その後、それより前の車輛は東へ東へと向かって遠のいて行った。中学の同級生だった高畑中尉も、その時真っ直ぐに東へ向かって行った人達の中にいた。その時は、残された結果、帰国が五年延びようとは知る由もなかった。乗り換えさせられた貨物自動車で運ばれた先は、ハバロフスク収容所第二分所であった……

十六　ハバロフスク収容所第二分所

――ハバロフスク収容所第二分所では、五月から十月中旬までは、ハバロフスク港の倉庫の荷揚げ作業に昼夜三交代で従事させられ、冬期間は船舶の修理をした。

早速着いた翌日から、通訳の私が十五名程の班の班長となり、収容所近くから迎えのタグボートで、倉庫の立ち並ぶ埠頭へ通った。片道四十分から五十分はかかったと思う。

ハバロフスク港へは、サハリン（樺太）方面からの船が入港してきた。鮭《さけ》、鱒《ます》、鰊《にしん》、鱈《たら》の箱詰め、樽詰め、イクラの樽詰めなど魚類を内陸向けに運んでくるのである。それをできるだけ早く陸揚げしなければならなかった。陸揚げが終わると、今度はサハリンに向けて、衣料、食料（穀類、砂糖菓子、酒類）、医薬品など越冬に必要な全ての物資を積み込むのである。さらに鉱山で使用される削岩機の先端部品、セメント、日用品などありとあらゆる品を積み込んだ。

この仲士の作業は、小柄な栄養不足の日本人俘虜には重労働で、ノルマを百%達成するのは容易なことではなかった。ダワイ！　ダワイ！　と現場主任に急き立てられて、ベルトコンベアーで送られてくる、燕麦を主とする穀物の麻袋やセメント袋の埃で真っ白になりながら、必死に作業をしたものである。

露西亜ではどんな仕事にもノルマが設定されていて、作業量が簡単に計算される仕組みになっている。仲士のような力仕事では体格の良い彼ら露西亜人が、ノルマ百%を達成するのは簡単なことだった。

ただ、手先が器用な日本人は、大工作業、殊に木工作業や旋盤、ボール盤のような機械作業では楽に百%の成果を上げることができた。

日本の軍隊は四列縦隊に整列することが普通で、どれだけ人数が多くても簡単に人員掌握ができたが、露西亜人は五列に整列させて、五人、十人と数えなければ人数を把握できなかった。

十月下旬の厳寒期になるとアムール河が凍り、船はそれまでに修理工場近くに接岸したり、河の中に立ち往生して氷のドックに入ったまま越冬したりした。そうすると、私達は船舶修理工に早変わりしなければならなかった。一番簡単な作業は船体の錆落としである。小さな金槌とワイヤブラシを持って、カンカンカンカンと船体を叩きながら錆を落とすのである。「カンカン虫」と私達は呼んでいたが、単純作業であっても鉄錆が目に入ったり、首の隙間から下着の腹まで入ったりして、一日中錆と闘うのは容易ではなかった。

十一月七日の革命記念日の頃は、本格的な厳寒（マローズ）が到来し、アムール河は大地と同じく「自動車通行可」と新聞に出る。その頃は零下二十度位になる。その吹き曝しの中で船の下に潜っての作業は、今思い出してもぞっとするほどの寒さだった。

錆落としは特別な技能は必要とせず、一番嫌がられる作業だったので、囚人や日本人俘虜に割り当てられたのだった……

十七　人数変更

ジリリリリ……ジリリリリ……ジリリリリ……

帳場の電話が鳴ったのに気付いて、誠は慌てて軍手を外しながら帳場へ入った。首で受話器を抑えながら、軍手を尻ポケットに仕舞う。

「はい、毘沙門荘でございますが」

「……先だってお世話になった古田です……」

「どうもどうもその節は。大してお構いもできませんで、失礼いたしました」

「……良い旅を経験させてもらいました……シベリヤ戦友会の件で連絡したいことがありまして……」

「……はい？　どのようなことでしょう？」

古田の沈んだ口調に、一瞬、誠の胸を不安が掠めた。これまでも宿泊の予定日が近くなって、キャンセルの申し出があったのは五、六度ではきかなかった——風邪が流行って参加できない人が多くなった、突然の大量受注で仕事を休めなくなった、会社のお偉いさんに不幸ができた、税務調査が入ることになって社員旅行どころではなくなった……実際は――もっといい観光地がある、もっと設備の整った旅館へ泊まれないのか、芸者は？　コンパニオンは？　温泉のほうがいい、もっと安い旅館を探すように……などが本当の理由だった。

「……二十人で申し込んでいましたが……一人行けなくなりまして……全部で十九人になってしまったんですが……」

抑揚のない暗い話し方だった。参加者数の減少を気にしているのだろうか。たった一人減っただけなのに……

「ああ、そうですか。かしこまりました。では、十九名様で用意させていただきます」

古田様十九名とメモを取りながら、そんなことなら何でもない、と誠は思った。

「皆様、いらっしゃるときはマイクロバスでしょうか、自家用車でしょうか？」

「……路線バスで行きます……最終のバス停から御宿《おんやど》までの山道は静かで風情があって……浮世離れしていて私は好きです……」

「ならば、安心です。十二月下旬ですと、道路にも大分雪が積もっていますから。除雪はするんですが、チェーンを着けても雪道に慣れていない方ですと、慎重に運転する必要がありますので」

「……シベリヤを思い出しながら……戦友達と『丘を越えて』でも唄いながら、歩いてお邪魔しますよ……」

「家《うち》みたいな宿でも、シベリヤの収容所よりはずっとましかもしれませんね。不謹慎かもしれませんが、『抑留記』、とっても面白いです。後三分の一位で読み終わります。昭和二十三年まできました」

「……お暇な時にでも暇つぶしにお読みください……二十二日……十九人でお邪魔いたします……」

「はい、お待ち申し上げております。お気を付けてお越しください」

誠は、古田の暗い雰囲気が気になった。同時に、戦友会までに『抑留記』を読み終えて、古田に感想文を書くという考えが浮かんだ。子供の頃は読書感想文を書く意味も書き方も解らなくて、読書感想文は代数と並んで苦手な課題だった。今は『抑留記』を読んで、戦争の惨さ、軍上層部の薄情な仕打ち、お国のためと口では言いながら只々夫や息子や父の無事だけを願っていた家族の想い、シベリヤの過酷な寒さ、スラヴ人、ウクライナ人、グルジア人、アルメニア人など露西亜人の生命力の強さ、逞しさ、したたかさなどについて、拙いながらも文章にしたためて古田に手渡したかった。

『抑留記』を四、五日で読み終えれば、感想文は暇を見つけて三、四日で書けるだろう。なに、上手く書く必要はない。自分が感じたこと、思ったことを正直に書けばいいのだ。結局はそれが自分の気持ちを伝えられる一番いい書き方なのだ。美辞麗句はいらないし、書けもしない。ありのままでいい。そう考えると、気が楽になった。

戦友会まではまだ八日あった。


ジリリリ……ジリリリリ……ジリリリリ……

翌日にも文机《ふづくえ》の上の電話が鳴って、帳場で『抑留記』を読んでいた誠は、その頁に栞《しおり》を挟んで電話を取った。『抑留記』は残り四分の一位だった。

「はい、毘沙門荘でございます……」

「あの、私、高畑といいまして、二十二日のシベリヤ戦友会でお世話になる者なんですが、実は、突如、参加者が一人減ってしまいまして……全部で十九人になるんですが」

「ああ、その件でしたら、承ってておりますよ。皆さん、駅から路線バスでいらっしゃるようで。

こちらはもう雪が積もっていますから、暖かい格好で御出でください」

「そうでしたか。では、二十二日厄介になりますが、どうぞ宜しくお願いいたします」

「こちらこそ宜しくお願いいたします。お待ち申しておりますので。ごめんください……」

電話を切った誠は、予約の帳面を開いて走り書きをした——十二月十五日、高畑様より、戦友会、十九名、確認の電話有り——予約帳を閉じると、再び『抑留記』を開いた。すぐにシベリヤの寒気が伝わってきた。

十八　未決監獄

――昭和二十四年五月、私は突如、呼び出しを受け、拳銃を持った警戒兵二名に前後を挟まれて、貨物自動車に乗せられた。

以前から日本人俘虜の裁判が開かれているとは聞いていたが、昭和二十四年の初め頃から、ポツポツと指名されては、どこかへ連れていかれる人が出ていた。その人達がどうなったのか不安だったが、私もとうとう自分の番になった、と覚悟を決めるより仕方がなかった。この先どうなるのか、全く分からなかった。

貨物自動車は、やがて煉瓦建てのいかにも頑丈そうな建物の前に着いた。それは未決監獄で、赤煉瓦で造られていたので、赤チュリマ（監獄）と呼ばれていた。

貨物自動車を降りてからは、すぐに犯罪者扱いされた。もはや碌に持ってもいない私物検査を受けたが、雑嚢の中には手拭いが入っているだけだった。金属類は服の釦《ぼたん》でさえも没収、紐は靴紐はもちろん、革帯《かわおび》も取り上げられて、カランチンと称する溜まり部屋に入れられた。

監獄の入り口からカランチンまでは、三度程鍵の掛かる扉を通った。扉を通る度に、ガチャーンという錠を下ろす音が、自由のこの世から囚人のあの世へと連れていかれるようで、寂しく感じられた。

カランチンでは、夕方に、その日の入監者の頭髪や腋毛、陰毛までもバリカンで刈り取り、囚人独特のスタイルにした。一般人は頭髪が長いのが普通で、囚人は一目でそれと知れた。その後に二十名ずつ入浴させられ、衣類は入浴中に、デザカメラ（高温滅菌室）を通って消毒され、別室に出される仕組みになっていた。

入浴後は獄吏に呼名点呼されて、監房に振り分けられた。監房は一室四十名で、ずらりと並ぶ二段ベッドの一番奥の上段には、牢名主（スターロスタ）がいて監房を牛耳っていた。パンやスープの分配、尿缶当番の割り当て、ベッドの指定などの全てを割り振っていた。露西亜人の入監者は、家族から差し入れられた食物などを、牢名主につけ届けた。

監房の入り口近くには、石油缶を大きくしたような蓋付きの尿缶が、置かれていた。尿缶近くのベッドは、尿の臭いがきついので嫌がられ、私達日本人が割り当てられた。

朝は七時に起床すると、順番に監房の錠が開けられ、四十名全員が廊下を駆け足で便所に向かう。我先にと急ぐのは、便器が二十名分しかないからだ。便器といっても、一段高くなった板に、用便用の穴が開いているだけのものだったが。

早く行かないと、二回目に回され、監房への戻りの時間を急かされて、ゆっくり用も足せない。どうせ一日に黒パン三百グラム、スープ一杯だけの食事では碌に便も出ないが、臭い監房から広々とした廊下に出るだけでも、気分転換になった。用便と洗面を済ませると、監房に戻され、ガチャーンと鍵を掛けられてしまう。

私はスパイとしての罪を容易に認めなかったせいか、毎度「洋服ダンス」に入れられた。それは、幅、奥行き共に人一人がようやく入れる寸法にできている。分厚い木製の、細長い洋服ダンスのような拷問の箱だった。この箱が取調室の廊下に数個並べられていて、外から鍵を掛けられるようになっていた。

真っ暗な中に入れられると、膝を曲げることも座ることもできず、立ったままで居るきり方法がないのであった。立ったままでも数分は我慢できるが、二十分も過ぎると、腰や肩が痛くなってくる。直接手を下さないだけで正に拷問そのものである。四、五十分も入れられると頭までおかしくなってくる。

それ以外にも取り調べの時間を考えて、毎日夜だけ呼び出して取り調べるという方法もあった。日中は房内では横になることは許されない。獄吏が入り口の扉にある小窓から覗いて、房内を監視できるようにしてあるので、横になっているのが見つかると大変なお目玉を食らうのである。

この拷問方法は、毎晩消灯時間になると、取り調べに連れ出されて数時間取調官と向かい合わされる。数日間そんなことを繰り返されると、寝不足で頭が朦朧《もうろう》としてくる。狭い取調室で一対一で大声で怒鳴られたり、脅かされたりすると、命までも奪われるのでは……と考えてしまう。

私は数度の取り調べを受けた後、裁判所に連行されて茶番劇のような裁判にかけられた。正面に法務大佐らしい髭の男、右に検察官、左に書記が一名いて、後ろの左右には拳銃を提げた看守が二人立って、朝鮮人の通訳がついた。通訳は私より露西亜語が下手だったので、裁判は通訳抜きで行われた。

検察官は、型通り、露西亜共和国刑法第五十八条第六項に基づいて起訴する旨の陳述をし、その後二、三、審問した。

私は自分の意見の開陳を求めた。一つは私がここでこのような軍事裁判を受けていることを、日本政府に通知するかどうか、二つ目は敗戦国とはいえ、一国の外務大臣が極東軍事裁判で七年の刑を言い渡されたと聞くが（その頃重光元外相が七年の刑を受けたことが分かっていた）、自分のように自国の軍務を遂行しただけなのに、スパイ呼ばわりされて露西亜国の法で裁くとは納得できない。

裁判官は一つ目の問いに対しては、モスクワ（露西亜政府）を通して東京（日本政府）へ通知すると答えたが、二つ目の問いに対しては何も答えなかった。

審問が終わって三十分の休憩となった。休憩後に判決が言い渡された。

判決は露西亜共和国刑法第五十八条第六項により、つまりスパイ行為により、露西亜に敵対行為を行った罪で、財産没収（何も持っていなかったが）、自由剥奪、矯正労働十五年に処するというものであった。

まな板の上の鯉同様の、この痩せた日本人を、露西亜裁判所関係者が茶番劇の裁判にかけているのを、内心は軽蔑の眼差しで見ていたが、どうすることもできない自分の姿に、初めての「敗戦」が、またもや実感として湧いてきた。敗戦とは惨めなものであった。

当時私は三十歳だったが、刑期を終えるのは四十五歳ということになる。帰還できる俘虜も増えてきた中で、これから十五年も、この酷寒の荒れ地で辛い労働をさせられることを思うと、目の前が真っ暗になった。露西亜語など学ばなければよかったと思った……

十九　ハバロフスク収容所第六分所

——その後送られたのは既決監獄であった。そこにはすでに裁判を終えた坂内《ばんない》少将やその他の人が数人いた。坂内氏は服装も粗末で、小柄な人の好さそうな方だったので、陸軍少将だとは、お話を聞くまで分からなかった。坂内少将は、陸軍大学校教官から、参謀長として戦地へ赴任途中に敗戦となり、俘虜となったそうであるが、昭和三十一年に帰国された。

私が既決監獄にいたのは十五日間で、それから数人一緒に収容所に移された。

私が移されたラーゲリは、ハバロフスク第六分所で、カガノヴィッチ工場近くにあった。山《やま》内《うち》、草野《くさの》などという俘虜と一緒だった。

私達が到着した第六分所では、先年バラックに火災が発生した跡が、黒いままで残っていた。冬期間使用するフェルト製長靴の乾燥室から、失火したのであった。

数日後、やはり既決監獄から出てきた坂口匠吾《さかぐちしょうご》が、私のブリガーダ（作業班）にやって来た。関東軍司令部、特種情報隊時代の仲間である。何と、坂口はこのバラックで火災が発生した当時、ここにいたのであった。

やはり暗号解読班で一緒に仕事をしていた丸川も、坂口と同じこのバラックで起居していた。夜中に起きた火災はあっという間に燃え広がり、狭い出口へ大勢の俘虜が殺到した。出口で押し合いとなり、将棋倒しになって、逃げようとしたほとんどの者が、無残にも焼死した。百数十名があっという間に焼け死んで、正に火焔地獄だったという。がっしりとして体格の良かった丸川もその中の一人だった。

一方、坂口は小柄で、丸川などと違って体力がないので、大騒ぎの監房で諦めて自分のベッドにいた。その時、誰かが「窓を破って外へ出ろ！」と叫び、その声にはっとなって窓を見ると、窓の外で三歳位のおかっぱの幼女が、激しく手を振って坂口を手招いていた。仕立て直した牡丹柄の赤い着物を着た女の子は、窓に顔を付けるようにして泣きながら、舌足らずに「とうたん！」と叫んでいた。涙を溜めて、小さな紅葉《もみじ》のような手で硝子を叩きながら、「とうたん！」と必死に坂口を呼んでいた。坂口は毛布を頭から被ると、あらん限りの力を振り絞って二重硝子の窓へ突進した。腰から下に硝子片が突き刺さり、傷だらけ、血だらけになったが、無事厳寒の外へ逃げ出し、一命を取り留めた。

「……あれは娘が、死んだらだめだよって、俺を救ってくれたんだ。あれから俺はどんなに辛くても精一杯生きることにした……」


昭和二十五年になると、丸川達が焼死したバラックの焼け跡にも、新しいバラックが建てられ、既決監獄から出てラーゲリに送られてくる人達も増えて、四百名位になった。

当時、私はブリガジール（班長）を命じられていたが、いつも班長の私に協力的で、真面目だと思っていたM少佐（参謀で私より三歳年長）が、不祥事を起こした。

M少佐は、同じ班員の枕元のシャツを盗み、作業現場で露西亜の労働者と、黒パンに交換しようとした。品物はまだ露西亜人労働者に渡る前だったので、未遂に終わり、シャツは持ち主に返されて事なきを得たのだったが……

ラーゲリでは盗みは重罪だった。だが、年長者でもあり、元の肩書や階級を考えて、班長の私としては殴るなどということはせず、穏やかに注意した。このように、どん底の生活では、何が起きても不思議ではないほど、各人の精神が荒んでいた。

M少佐は昭和三十一年に帰国したが、数年前に癌で亡くなった。宮城県出身であり、お互いに東北人として親しくしていただけに、彼の不祥事はまことに残念であった。彼が「古田さんには一生頭が上がりません」と言っていたということを、後日聞かされた。

極限の状況では、これほどまでに人の気持ちが変わってしまうことを、まざまざと見せつけられた。生きるか死ぬかというギリギリの時にこそ、その人の人間性が出るのではないだろうか。現在のように物が豊かで、平和な世の中では到底考えられないことである。

私自身もいつそのような過ちを犯すかもしれなかった。自分自身に、もし、そのような気持ちが芽生えたら、何とか抑制して、日本人として恥ずかしくないような行動をとらなければならないと、常に考えていた。

その頃の露西亜は、日常の生活物資も極めて乏しく、日本製の衣類などは、彼ら露西亜人労働者からすれば、喉から手が出るほど欲しい物であった……

二十　準　備

「浴衣のきみィは〜尾花《すすき》の簪《かんざし》ィ〜」

フォークソングの旗手が作ったにしては、珍しいやや演歌調の歌を口ずさみながら、誠は宴会場である檜原湖の間で掃除機をかけていた。ここ一ヶ月程使っていない二十四畳の部屋は、シンと冷えていた。

「熱燗徳利の首ィ〜つまんでェ〜」

勢い掃除機を動かす両手が歌に合わせて動く。昨日からの労働で、腰も肩も張っていた。しかし、手を抜くわけにはいかない。三日後には、シベリヤで筆舌に尽くしがたい経験をした人達の戦友会がある。戦友会の客のほとんどが帰国してから二十年以上経っている。しかし、改めて平和の尊さ、日本の豊かさ、旅の良さを実感してもらいたかった。

温泉でもなく、設備も貧弱な山の宿にできることは、精一杯心を込めて、もてなすことくらいしかない。これが、貴方方《あなたがた》が苦労して手に入れたものなんですよ。貴方達の御蔭なんですよ。そう言ってやりたかった。そのために手入れの行き届いた部屋で、温かい食事を、熱燗の酒を心ゆくまで楽しみながら、往時を偲んで欲しかった。

「もういっぱいいいかがなんてェ〜」

部屋の隅は特に念入りに、畳の目に沿って掃除機をかけながら、誠は、湿気を防ぐために、当日まで襖は開けておこうと決めた。宴会当日は、昼間から四台の石油ストーブを点けて、夜までに部屋を暖めておかなければならない。えーと、ストーブの石油は満タンになっていたっけかな？　外の石油槽は猪苗代燃料が明日配達に来るって言ってたな、確か。

「みょうォにィ〜色っぽいねェ〜」

やらなければならないことは、山程あった。二階客室の掃除、それぞれの部屋の石油ストーブの給油、浴衣、丹前、敷布と枕覆いの配付、タオル・歯ブラシの準備、タオル掛けと灰皿とごみ籠の用意、便所掃除とトイレットペーパーの補充、スリッパ三十足の消毒、風呂の足拭きマットの交換、シャンプーと石鹸の点検、洗面所四ヶ所の鏡磨き、水道管の凍結防止装置のスイッチ切り替え、玄関前の雪掻き……

歌など唄っている場合ではなかった。後三日しかない。『抑留記』も最後の方が、まだ残っていた。

二十一　ハバロフスク収容所第二十一分所

——昭和二十六年、私はハバロフスク収容所第二十一分所にいた。シベリヤでの辛さは、先ずその酷寒である。零下二十五度から三十度ともなれば糞尿《ふん》も凍結する。

便所といっても建物の中は仕切りもなく、床より一段高く細長い板を取り付けて、一メートルおきに直径三十センチ位の穴を開けただけであった。

深く掘った便槽も糞筍《ふんたけのこ》が伸びてくるので、ある程度溜まってくると、壊して所外に運び出さなければならない。上の板を剥がして、中の糞筍を鶴嘴《つるはし》やスコップで砕き、一輪車や馬橇に積み込み、所外の畑（といっても一面の雪野原だが）にばらまくのである。

砕いている作業中は、凍った糞が飛び散って作業服に付き、顔にも付く。酷寒時の作業だから三、四十分で休憩するのだが、休憩のため暖炉に近寄ると、作業服や帽子や顔に付いた糞便が溶けて臭ってくるのである。

収容所の便所以外にも、収容所の職員宿舎などの便所も割り当てられた。しかし、糞処理は軽作業と見なされた。

日本人俘虜は栄養が不十分なので、夜間排尿の回数も自然に多くなる。砂糖の配給があった夜は、さすがに用便の回数が少なくなった。それほど敏感に身体の状態が解るような、ギリギリの健康状態だった。

便所は、バラック（宿舎）から少なくとも三、四十メートルは離れていて、遠いバラックからだとさらに距離があるので、冬季夜間に何回も用便に起きては、身体が冷えて睡眠がとれなくなる。

十月下旬になると、バラック入り口の扉の取っ手にも布を巻き付ける。うっかり素手で金属の取っ手を握ったりしてしまうと、ベタッと手がくっついて、凍傷にかかってしまうのだ。作業場への往復でも、俘虜同士、お互いの顔を見合わせながら行進する。それは、風があると体感温度がぐんと下がり、鼻の頭とか頬が白くなるからだ。防寒帽を被っていても、隙間からの風で耳朶《じだ》もサーッと白くなる。凍傷である。隣の人が注意してやらないと、本人が知らない間に、取り返しのつかない凍傷になる恐れがある。お互いの顔を注意しながら歩き、白くなったと気付いたら、乾いた布や手で、血色が戻るまで摩擦しなくてはならない。これだけ注意していても、凍傷にやられて、治療が必要な者が続出した。

南方では、飢えとマラリヤで死んだ兵が多かったと聞くが、シベリヤでは飢えと寒さで死亡した兵が多かった。

手遅れになって凍傷がひどくなると、細胞が壊死《えし》して真っ黒になる。患部は猛烈な痒みを伴い、耐え難い激痛が走る。指や手や足、鼻や耳などの患部を切除して止血し、健康な部位を救う以外手がないのだが、麻酔薬はもちろん、手術器具も消毒薬も包帯もなかった。重傷者は痛みと痒みに耐えながら、死を待つばかりであった。

宿舎の隅では、朝方によく自殺者の遺体が、梁からぶら下がっていた。苦痛に耐えかねて、夜中に首を吊る重病人が多かった。宿舎の外では、あまりの寒さに手が凍えて、首に掛けるロープが上手く結べず、木の枝に引っ掛けることもできなかった。

朝に発見される遺体は、死後硬直ではなく、酷寒によって凍って硬くなっていた。

昭和二十七年は雨の多い年であった。春・夏季のうち晴天の日は数えるほどしかなかった。

私の作業班（ブリガーダ）は、六月下旬に収容所からあまり遠くない作業場で、長さ六百メートル、幅二百メートルの板塀に囲まれた船舶工場の第六建築場に移った。

そこでは大工及び左官作業を主として担当していた。元来ラーゲリそのものが低地にあるのに、船舶工場建築地はウスリー江河岸《こうかわぎし》にあったために、降雨の度に雨水が高台から敷地へ向かって流れてきた。雨が降るだけでも作業しにくい上に、晴天の日でさえ、水が高台から流れてきて、作業場への泥濘の道の往復には泣かされた。

露西亜側の哨兵（コンボーイ）が最も嫌うのが、往復の道路での隊列の乱れである。彼らは数えやすいように、五列縦隊で隊列を組むことを厳重に要求した。しかし、泥だらけのぬかるみや湿地帯を、規定通り五列で行進するのは極めて難しく、水溜まりやぬかるみを避けて遠回りするので、隊列が乱れるのは当然だった。

私達にしてみれば、泥濘や窪地や水溜まりで、一足しか与えられていない靴を濡らすことは、これからの生活に重大な支障をきたすことになる。

第六建築場には二百名が通っていたが、五列縦隊でもかなり長くなるのに、あちこちで道路が悪いために隊列が乱れて、百メートル以上にも長くなってしまった。これはただ規律を守らないだけでなく、逃亡しやすい状態にもなるので、哨兵達は列を乱すことを非常に嫌ったのである。

作業場への出発時には歩哨長（スタールシイコンボイ）が必ず訓示をした。

「俘虜達よ、注意して聞け。行進中は歩哨の注意事項を遵守《じゅんしゅ》すべし。行動中は話をせず、喫煙せず、騒音を立ててはならない。地上より何物をも拾い上げることを禁ずる。五列からほかの五列へ移ってはならぬ。もし隊列から離れた者あらば逃亡と見なして発砲する。解ったか？」

私は、歩哨長の言葉を、正直にそのまま訳して日本人俘虜に伝えた。

逃亡、あるいは集団的反乱の危険性のある俘虜を扱う哨兵としては、自分の生命の危険も伴う警戒任務であるから、任務を忠実に果たそうとする。上官の命令を忠実に守ろうとするあまり、非人間的扱いになってしまう。

ある日の行進時に露西亜の一哨兵が、水溜まりを避けて遅れたO君に、言いがかりをつけて、銃床で小突いた。露西亜ではいかなる時でも俘虜を殴打してはならない。殴打すれば法に触れる。O君は憤慨して「何をするか！」と怒鳴った。近くにいたもう一人の哨兵がO君に詰め寄ってきてさんざん罵倒した挙句、力ずくで列外に引き摺り出そうとしたが、O君は出なかった。

このように意地悪く私達を扱うのは、この日が初めてではなかった。泥道と湿地で何度も露西亜語で罵倒されながら、無理やり追い立てられることには、日本人俘虜の誰もが、腸《はらわた》が煮えくり返るほど、不満を抱えていたのである。

揉めている状況を見た歩哨長が、O君の傍らに来て名前を尋ねた。O君の近くにいた作業班長が、哨兵がO君を銃床で小突いて、無理やり隊列を組ませようとしたことなどを説明したが、聞く耳を持たなかった。歩哨長はO君を罵倒して、強引に隊列から引き出そうとした。O君がそれに応じないと見るや、哨兵の一人が空に向けて小銃を発砲した。それまで我慢に我慢を重ねていた私達も、発砲されたのではもう我慢ができなかった。

「この野郎！　何をするか！　馬鹿野郎！」

一斉に堰を切ったような怒号で騒然となった。二百名の人間が発した憎しみの大声に、歩哨達も驚いた様子であった。

先程まで悪口雑言で日本人を罵倒していた彼らも、さすがにピタッと静かになった。いくらマンドリン（自動小銃）を持っていても、わずか十名足らずの若い哨兵達だから、二百名もの日本人に怒号を浴びせられたのでは「これは大変だ。大事になっては……」と考えたのであろう。

スターリン独裁の下に人質として抑留され、不自由極まりない境遇で、牛馬のような扱いを受けながらも、何とか健康で祖国に帰還しなければ、という思いを日本人俘虜の誰もが持っていた。家族の顔を見たい一心で、我慢我慢の毎日だったが、このような「一触即発！」の危機も時々あった……

二十二　ダモイ

――昭和二十八年三月、スターリン死亡の噂が職場の露西亜人達から流れ、日本人収容所内でもその話でもちきりになった。

スターリンというのは愛称で、鋼鉄の、あるいは鋼鉄の人という意味である。本名は、ヨシフ・ヴィッサリオノヴィチ・ジュガシヴィリ――グルジア人だった。

スターリンが死ねば世の中が良くなるだろうと、露西亜の一般労働者も言っていた。独裁専制政治に対する不満は、私達日本人も十分知っていただけに、スターリンの死で何かが変わるかもしれないと思われた。

そんな中で、大山郁夫《おおやまいくお》がスターリン賞を受賞しにモスクワを訪れたとか、その折に私達残留俘虜について、交渉をしたとかの噂も伝わってきた。

また、マリク駐英大使と松本俊一《まつもとしゅんいち》日本代表や、日本赤十字社の代表の方が会談したとかの話も伝えられて、ダモイ（帰国）の噂が飛び交った。

このような時、六月の末に突然、「本日は作業出場はなし。私物を持って庭に集合せよ」との命令が伝えられて、全員が中庭に集合した。

アルファベット順に呼名された者が門の近くに集められ、Bの頭文字の部《フ》で、私も呼ばれて出ていった。それが何の基準で選ばれたのかは全く不明であった。

名前を呼ばれて列から出て行く時に、前大隊長の瀬川《せがわ》さんが「早く結婚しろよ！」と大声で（普段は声の小さい方《かた》なのに）叫ばれたのは、今でも覚えている。その他にも「元気でな！」とか「頑張れよ！」とか大勢の俘虜仲間が大声で叫んでいたが、轟々とした雑音になってはっきりとは聞き取れなかった。

門の近くに集められた私達は、第六分所から到着した人達と入れ替わりで、何台もの貨物自動車に乗せられた。貨物自動車は第六分所へ戻り、ダモイ要員である私達二百名は、第二十一分所から第六分所へ移動した。

それから一週間、第六分所に滞留し、収容所の職員もはっきり「ダモイである」と言ったが、これまで露西亜人のダモイには何度も騙されてきたので、なかなか信じ難いものがあった。しかし、「作業で得た手持ちの金は全部遣ってしまえ」という指示や、映画を見せたりして作業に出さないところを見ると、やはりダモイかもしれないと俘虜同士で話した。

七月に入ると、私物検査があり、ハバロフスク駅に運ばれて、四人護送列車に乗せられた。果たして、北に向かうか、南に向かうか、固唾をのみながら蒸し暑い車輌の中で話していたが、何となく南のナホトカに向かっているような気がしていた。

翌日、案の定、ナホトカ駅に着いた。港が見える駅から見た山の中腹には、ラーゲリらしいたくさんの建物があった。

列車を降りて夏の陽の下を、坂道を登って一つのラーゲリに入った。先着の人達は誰もおらず、私達が最初の入所者だった。かつてのラーゲリとは違って、ナホトカ収容所では作業はなかった。団をまとめる本部のような組織もなく、第六分所出身の飯田《いいだ》氏がまとめ役、同じく第六分所出身の藤井《ふじい》君と、第二十一分所出身の私が庶務係で、露西亜側との連絡に当たった。俘虜達は、ここでは作業に出ることもなかったし、眼下には港が見えるのでいよいよダモイかと話していた。

露西亜側もダモイ、ダモイといいながら、八月、九月と過ぎて十月になった。

この頃、樺太出身の民間人が、何回かに分かれて入所してきた。その人達によると、敗戦直後の混乱期に、些細なことで露西亜占領下で有罪とされ、刑を科せられた人達だった。それまでは露西亜の囚人収容所にいたのだが、十名の婦人達も混じっていたために、彼女らを巡って露西亜人の間で、奪い合いのような騒ぎが起きたという。これらの民間人が四百人加わり、ナホトカ収容所は収容者数八百名になった。

しかし、ダモイの待機をしている最中に病気になったり、持病が悪化したりして医務室に入る人も出て、中には帰国を目前にして他界してしまう人もいた。私自身も食欲がなく、作業にも出ないのに肩の凝りや腰の痛みを覚えたが、これが病気（肺結核）だとは夢にも思わなかった。

二十三　帰還船

十一月二十七日、晴れた日に、丘の上から、船腹に赤十字マークのある大型客船が、港に入るのが見えた。二本の太い煙突から黒煙を吐き、赤十字旗も掲げられていた。へんぽんと翻る赤十字旗を見たら、涙が出た。

ラーゲリにいた日本人全員が、慌てて丘の上に出て来て、この船を一言もしゃべらずに見つめた。船が錨を降ろして動きを止めると、どよめきが起きた。それからは興奮した声、歓喜の声が途切れることはなかった。

「興安丸《こうあんまる》だ！　帰還船だ！」

「帰れる、日本に帰れるぞ！」

「あれは舞鶴《まいづる》行きだ！」

「バンザーイ！　バンザーイ！　バンザーイ！」

丘の上は喜びに満ち溢れた。誰もが目を潤ませていた。

「興安丸、七千トン、速力二十三ノット、航続距離八千五百海里、旅客定員一千七百名……十五年振りだ」

私の隣に立った中年の男が、懐かしそうに呟いていた。

「興安丸に乗ったことがあるんですか？」

私は、身じろぎもしないで興安丸を見ている男に尋ねた。

「自分が昭和十三年に満蒙開拓団で渡ってきた時、下関から乗った船なんですよ。一旗揚げようとして。満州では、耕した土地は全部自分の物になる、というお国の言葉を信じて。二十歳でした」

「でも、そうはならなかったんですよね？」

「それこそ牛馬のように働いても、その日の食い物にも事欠く始末で。空きっ腹を抱えて、満州人の畑から作物を盗んで命をつなぎました。掘っ立て小屋で寒さに震えながら、毒虫に刺されながら、眠れない夜を過ごしました。何年間も何年間も」

「私も露西亜での収容所生活が八年を超えました。でも、これでやっと日本に帰れます」

「自分の二十歳から今までの十五年間は、何だったんだろうと思いますよ。日本で地道に百姓や会社勤めをしていればよかった……」

「日本へ帰ってもう一度やり直しましょう」
「そうですね。私は命があっただけましかもしれない」

私も生きて日本に帰れるだけましだ、と思った。露西亜で収容所に入れられた日本人は五十万人とも六十万人とも言われており、そのうち十二万人以上が死んだと言われていた――

私物検査が実施されて、帰国が本当であることが解った。移動の時には、常に荷物検査が行われた。もっとも禁制品などは誰も何も持っていなかったので、せいぜい露西亜では貴重な紙類が取り上げられた程度であった。私物検査が終わると、夜を徹して、三十名ずつ貨物自動車に乗せられて岸壁に運ばれた。その間、私は一晩中、日露赤十字社間で取り交わす引渡証書（アクト）の翻訳と通訳をさせられた。通訳をしながらも、以前、「露西亜語が話せるお前がいなくなると、俺達が困る」と露西亜側に言われて、帰国が延期になったことがあったので、気が気ではなかった。

十一月二十八日の夜明けと同時刻、最後にとうとう私の番が来て、ぎゅうぎゅう詰めの貨物自動車の、荷台最後尾に乗ることができた。がりがりに痩せていた私を、四、五人の収容所仲間があっという間に引き上げてくれた。貨物自動車は埠頭の客船の真ん前まで進んで停まった。胸が高鳴った。急いで貨物自動車から飛び降りた。

日の出の港に停泊している、大きな船のタラップを上がり始めた時、船の甲板から真っ白い服の看護婦さん達が、「お帰りなさい！」と美しい日本語で言って迎えてくれた時は、胸が一杯になった。「ありがとうございます。お世話になります！」と言ったつもりだったが、嬉しさのあまり声が掠れてしまった。何とも言い表せない「帰国への喜び」だった。ナホトカ収容所から貨物自動車で運ばれて来た八百十一名全員が、船中の人となった。しかし、中には人未《ひとみ》世一郎《よいちろう》中将のように、担架に乗せられて（脳溢血発病）乗船した方もあった。

あー、助かった……という思いと同時に、戦時中同じ暗号解読班に勤務していた仲間のことが気になった。丸川は、五年前にハバロフスク収容所第六分所の火災で亡くなってしまった。成島や坂口はどうしているだろうか。心配になった。収容所の火災でも、一命を取り留めた坂口は、ハバロフスク収容所第六分所から移動させられていた。成島の消息は、私がいた収容所では聞いたことがなかった。

五ヶ月前にハバロフスク収容所第二十一分所で別れた人達の顔も浮かんだ。

あのような境遇の中でも、穏やかで紳士的で面倒見の良かった、大隊長・瀬川中佐。将校なのに嫌な顔一つせず、いつも一緒に糞便を砕き、馬橇に積んで畑に撒きに行った秋山《あきやま》少尉。船工場への往復時に、お互いの顔色を確認し合って凍傷を防いだ笠間《かさま》曹長。寒風吹き荒ぶ辛い大工仕事でも、明るく気丈に振舞っていた江川《えがわ》上等兵――皆、無事に帰って来てくださいよ。次は貴方方の番ですからね。家族が、親戚が、友人達が、幼馴染が、愛する人が、首を長くして貴方方の帰りを待っているんですからね……いずれ絶対に無事で日本の土を踏んでくださいよ……

しかし、半分の人達は願いが叶わなかった……

二十四　戦友会

誠は、帳場で幅一尺の巻き障子紙を伸ばすと、切り出し小刀で三尺の長さに切った。文机に縦に広げた障子紙の頭を、重たい瀬戸物の灰皿で抑えると、太筆《ふとふで》にたっぷりと墨を含ませる。

『シベリヤ戦友会御一行様』

息を止めて一気に書き上げた。墨痕淋漓、上手く書けた。幼い頃から中学まで、祖父に叱られながら嫌々練習させられた書道が、大人になって役に立っている。奉迎《ほうげい》の障子紙を墨が垂れないように、水平にして慎重に玄関へ運んだ。

上がり框に奉迎紙を置くと、帳場から清書済みの半紙とセロテープを持って、賑やかな声がしている宴会場・檜原湖の間に向かった。

離れた鴨居《かもい》の二ヶ所に、『宴会場』と書かれた半紙を貼る。廊下に面した襖を開けると、ざわめきが一段と大きく聞こえた。菊乃が四名の仲居達に指示して、宴会の準備をしている。

「お膳とお膳の間は、一尺は離しておいてよ。お客様がその間を通る時に、足が引っ掛かんねえようにしといてよ」

「コップは伏せておくんですか？」

「伏せて、その中に盃を入れておいて」

「女将さん、茶碗蒸しのスプーンはどこに置いておくんですか？」

「右下。箸の隣」

「チョットォ、このコンロ、固形燃料付いてないよ。忘れてるよ」

「あら、やだ。ごめん、燃料缶、片付けちゃった。取って来る」

「それ一個だけだったら、コンロ持ってった方が早いべした」

「それもそうだね」

「あははは」

「灰皿は二人に一つでいいの？」

「燐寸《マッチ》も置いといた方がいいんじゃない？　燐寸くれっていうお客さん、多いよ」

「私、取って来る。女将さん、燐寸、どこにありますか？」

「帳場の後ろの棚の上。少し余分に持って来ておいて」

「天つゆは置いとくの？　天麩羅出す時に一緒に出すの？　どっちですか、ねえ女将さん」

「天麩羅と一緒に。冷めちゃうから。空いた器を下げないと、置ききれなくなるし」

「女将さん、お茶道具は、一枚のお盆に五人分ですか、四人分ですか？」

「醤油とソースはどのお盆に置きますか？　女将さん」

「女将さん、影膳てどう用意するんですか？」

菊乃は千手観音《せんじゅかんのん》のように手を動かしながら、口も動かして仲居達の問いに次々と答えた。仲居達も菊乃を信頼している様子が、伝わってくる。


頼りになるなァ……誠は改めて菊乃の働きぶりに感心した。これまでもずっとそうだった。戦争が終わって、信州《しんしゅう》で祝言を挙げたものの、まともな働き口もなくて喰いっぱぐれていた時があった。誠の長姉を頼って沼津《ぬまづ》へ出ると、その離れを借りて住み、石鹸の行商をした。菊乃も一緒に風呂敷包みを背負って、漁師町で石鹸を売り歩いた。菊乃が声をかけると、石鹸がいくらか売れて、多少の売り上げになった。いつも菊乃に救われた。

誠が一人で出掛けた時は、石鹸が全く売れなくて、何も言えずに持ち出した釣銭しか入っていない蝦蟇口《がまぐち》を開けて見せた。

「ああ、これでまた貧乏がはかどった」

と、皮肉交じりの冗談を言いながら、菊乃は豪快に笑った。

「これだけ石鹸があれば、洗濯もはかどるし」

全くくよくよしない質《たち》で、何度助けられたことか。裏磐梯で事業を始めた叔母の誘いを受けて、五色沼の旅館へ来ることに積極的だったのも、菊乃の方だった。

戦友会の客が旅館に着いたのは、冬の陽が傾き始めた午後四時半だった。誰も遅れることなく、十九名全員がバス停終点で降り、雪が舞う中を、雪道を歩いて旅館にやって来た。

玄関先で出迎えた誠と挨拶を交わすと、そのまま『シベリヤ戦友会御一行様』と書かれた奉迎紙を入れ込んで、全員で写真を撮った。勧められて誠も入った一枚は、三脚を立てての自動シャッターだったが、念のための二枚目は、誠がシャッターを押した。

戦友会一行の中には、古田がいなかった。

「あのう……古田様は?」

「実は、来られなくなった一名というのは、古田なんです。先月こちらにお邪魔した時は元気だったと思うんですが」

「はい。こんな宿でもとても喜んでくださいまして」

「古田からも、小さいけれどいい宿だ、ということは聞いておりました……残念でした。ア、私は今回の幹事をしております高畑です。古田とは安積中学で同級で、シベリヤではアルタイスカヤ収容所で二年間一緒でした」

高畑は名刺を差し出した——高畑歯科医院　院長　高畑忠之《たかはたただゆき》——

「高畑様は陸軍中尉だったそうで——古田様の『シベリヤ抑留記』、拝読いたしました」

誠も名刺を差し出し、名刺入れに高畑の名刺をしまった。

「そうですか。あれは力作です。控えめながらも、正確な記憶に裏打ちされた、東北帝国大学法文学部卒の古田らしい格式の高い文章です」

「父ちゃん、寒いから中に入ってもらったら。シベリヤ帰りの皆さんでも寒そうだよ」

菊乃の呼びかけに、戦友会一行から笑いがこぼれた。

「お世話になります」

「お邪魔します」

「シベリヤほどではないですが、寒いですね」

「この潔い寒さがいいんだよ、高原らしくて、冬らしくて」

ガヤガヤと玄関に入った一行は、玄関から上がってスリッパを履くと、旅行鞄を足元に置いて、オーバーやコートを脱いだ。誰言うとなく四列に並ぶ。落ち着いた態度と、白髪や薄くなった髪が、五十代、六十代であることを示していた。

「シベリヤ戦友会が今日明日《きょうあす》、御厄介になります。宜しくお願いいたします！」

「宜しくお願いいたします！」

高畑に倣って、全員が一斉にお辞儀をする。動きが揃っていて、見ていて気持ちがいい。

「まあまあ、そんな硬い挨拶は抜きにして。山の中の居酒屋にでも来たと思って、楽しんでいってくださいな」

菊乃が、初対面の緊張を和らげた。

「夕飯は六時半からと伺っていますが、それで宜しいですか？」

「はい、結構です。お願いします」

誠の確認に高畑が答える。

「宴会場はそこの左手、檜原湖の間でして。風呂は一階廊下の突き当たりでございます。あいにく温泉ではありませんで、沸かし湯なんですが。今日は他のお客様はおりませんので、女湯も使っていただいて構いません。男湯の方が広いのは、広いんですが」

「女湯には滅多に入れませんから、女湯に入ってみます」

アハハハハハ……

高畑の応答に笑いが起きた。


「いらっしゃいませー」

「お待ちしておりました」

「ようこそ毘沙門荘へ」

どやどやと宴会場から出てきた仲居達が、口々に挨拶した。皆、会津木綿の胸当てエプロンをしている。一気に華やいだ雰囲気になった。

「どうもどうも、ご厄介をかけると思いますが、ひとつ宜しく」

「いやいや、これは夕飯が楽しみだ」

「では、客間へ案内いたします。客間は全て二階で、お部屋の前に部屋割り表が貼ってありますので。どうぞ、どうぞ、こちらです」

誠は、一行を二階へと案内した。名前を確認しながら、手前の毘沙門の間に入った四人の男達は、誠が奥の間の窓際の障子を開けると、一様に言葉を失った。

雪が舞う中で、夕暮れの沼が、青く静かに煌めいていた。沼の対岸に、雪に覆われた巨岩が見える。降る雪は細かく、軽く、揺れながらゆっくりと落下した。残照に照らされた松の林が続く遥か彼方で、磐梯山の爆裂口が、赤銅色に反射している。真っ青な沼の向こうに、見渡す限りの岩と松と山と、雪の結晶。茜雲そして薔薇色の空。水と、雪片と、夕陽が解け合っている。冷気と清冽と優しさと。青藤色と純白と薄紅と……

四人とも我を忘れて、沼を見下ろした。

「これが五色沼か……」

「正確には、五色沼の一つだ」

「毘沙門沼は五色沼の中では最大だそうだが」

「バイカル湖だったら、対岸は見えないな」

毘沙門沼を目にした男達が、口々に感想を述べた。

「遥か彼方に見えるのが磐梯山か。バイカルの対岸より近い」

「バイカルと比べても仕方がないだろう。ここは日本だ」

「そうだな。シベリヤとは違う。断然こっちがいい」

「暑い夏でも日本の方がいいな」

「ご主人、素晴らしい景色ですね」

「はい。当館はこれしか自慢できるものがございませんで」

「いやいや、この景色があれば後は何も要りませんよ」

高畑の言葉に、他の三人も頷いた。

「ありがとうございます。浴衣と丹前は洋服掛けに置いてありますので」

「では早速、女湯に入ってくるとしましょう」

アハハハハハ……

男達の屈託のない弾んだ笑い声が、毘沙門沼を見下ろす部屋に響いた。

六時半開始予定だった宴会は、五分遅れで始まった。

十八人の男達が着座したのを見届けた高畑は、立ち上がって挨拶をした。

「えー、今年も残すところ、後九日となりましたが、えー、ここにこうしてシベリヤの戦友達が無事、集まれたことは、今日の日本の平和と繁栄の賜物だと思います。

えー、今回、この戦友会の発起人で、名簿の作成、案内状、予約などに尽力してくれた、えー、古田軍曹が、突如、参加できなくなり、大変残念でなりません。えー、今宵は、簡単ではありますが、影膳を用意しましたので、えー、懇談の合間に、祖国の地を踏むことなく、えー、シベリヤの大地に眠った故人を、また、せっかく日本に帰りながらこの戦友会に出席できずに逝ってしまった故人を、えー、偲んでいただければと思います。

では、最初にシベリヤと日本の英霊に黙禱を奉げます。起立してください」

高畑の言葉に、全員が立ち上がった。


「黙禱……」

目を瞑って低頭する。宴会場に静寂が訪れ、時間が止まった。宴会場の隅に待機して話を聞いていた誠と菊乃も、首を垂れて黙禱を奉げた。

「お直りください……」

高畑の言葉で、黙禱が止んだ。一斉に咳払いや溜息、衣擦れの音がして賑やかになった。あちこちで話し声が聞こえ、宴会場が一気にざわついた。

「えー、では、乾杯の発声を、桑原《くわはら》大尉にお願いいたします」

「御指名ですので、僭越ながら――乾杯の準備をしながら、お聞きください」

シュポン！　シュポン！　シュポン！　ビールの栓を抜く音が連続した。

「高畑中尉も述べられましたが、この日本の自由と豊かさは、今後ずっと次世代の子供達に受け継いでもらわなければなりません。そのためには、二度と戦争をしてはならない。あんな辛く悲しい思いをするのは、私達で最後にしましょう」

トクトクトクとコップにビールを注ぐ音が、あちこちで溢れた。

「それを肝に銘じて、シベリヤと日本で亡くなった戦友、ここに集う全員の健康、そして日本の末永き平和と更なる発展を願って、乾杯！」

「乾杯！」

「乾杯！」

「乾杯！」

そこら中でコップの触れ合う音がした。ガヤガヤと話しながら着座する男達は、ほっとした表情だった。

「後は、無礼講ですから、気兼ねなく呑んでください」

「かしこまりました。高畑中尉殿！　大木《おおき》一等兵、目一杯呑ませていただきます」

ハハハハハ……笑いが起きた。

菊乃は、影膳の前に行くと、伏せられていたコップを戻し、ビールを注いだ。誠も、箸が立てられた山盛りの飯茶碗の前で、菊乃と同時に合掌した。腹一杯、召し上がってくださいよ……口の中で呟いた。

仲居達が追加のビールと、清酒の熱燗と料理を運んでくる。鯉の洗いや茶碗蒸しが配膳され、一人用の鍋に火が点けられた。話し声が交錯し、食器の触れ合う音が賑やかになる。

誠は、古田が来られなかったのを残念に思った。『抑留記』は二日前に読み終わって、感想文も何とか書き終えていた。心打たれる出来事《できごと》や悲惨な事件があり、涙を堪え切れない場面もあった。それに応えたいと、拙い文章だったが感想を一生懸命書いた、つもりだった。

二十五　乗船者名簿

――昭和二十八年十一月二十八日、興安丸に乗船後間もなく、日本赤十字社の乗組員から、乗船者名簿の作成を指示された。十九班に分けられて、至急作業に入った。班長に任命された者が、乗船者の氏名、年齢、日本での住所、外地での住所、家族構成、職業、軍歴、経歴、落ち着き先などを聞き取って所定の用紙に書き込むのである。私は、十三班の班長に任命された。

乗船者名簿の作成中、四組目、十五歳の兄と十三歳、十一歳の妹二人の三人兄妹の経歴と逃避行の様子は、凄まじいものだった。

昭和十六年の春に満蒙開拓団で北海道から満州に渡った一家の両親は、日の出から日の入りまで三百六十五日開墾に明け暮れた。七歳の長女にも手伝わせて、三歳の長男は父親が負ぶい、一歳の次女は母親が負ぶって、鍬を振るった。しかし、どこまでも続く満州の原野は、石と薄だらけの荒れ果てた土地で、北海道の荒野よりひどかった。手の豆をつぶして、鍬の柄を血だらけにしながら、必死に堅い大地を耕した。

冬になると、一家は炭鉱へ行き、父親は蛸部屋《たこべや》に住み込みで、真っ黒になりながら石炭を掘った。母親は飯場で、三女が生まれて四人になった子供達の面倒を見ながら、飯炊きをした。毎日毎日一刻も惜しんで休みなく働き続けた。

筆舌に尽くしがたい苦労をして、三年後にようやく一町歩の麦畑を開墾できた。

翌年、開墾した畑の収穫物だけで饅頭や麵がまともに喰えるようになった矢先、盆過ぎに支那共産党軍が開拓村になだれ込んできた。関東軍は、既に引き揚げてしまって、村人だけが取り残された。村のあちこちで、爆発音が轟き、銃声が聞こえた。一時すると、馬のいななきや怒号や悲鳴が飛び交った。

父親は、乱入して手当たり次第に略奪を始めた支那共産党兵から、食糧だけは取り返そうとして抵抗し、四人の兵士に小銃で撃たれた。

母親は……血だらけの父親の亡骸の脇で、泣きながら暴行された。一人の兵士が果てると、次の兵士が母親に覆い被さり、次々に暴行を受けた。そして、最後に、母親も四人の兵士が放った小銃の弾丸で絶命した。この地獄のような光景を、部屋の片隅にうずくまった子供達が、抱き合って涙を流し、震えながら見ていた。長女・十一歳、長男・七歳、次女・五歳、三女・三歳の時の悲劇だった。

支那共産党兵は、わずかな金や軍票はもちろん、食糧、衣類や包丁、食器、鋸《のこぎり》や玄翁《げんのう》、鉈《なた》などの道具類まで目に付いたものは全て背嚢に入れて持ち去った。

――その晩、泣き続けて目を腫らした姉弟は、長女を先頭に、穀物蔵から盗んできた大八車に両親を積んだ。星明かりを頼りに大八車を曳き、途中で歩き疲れた三女を、長女が抱き上げて大八車に乗せた。三女は動かなくなった母親の首にしがみついて泣き続けた。

長女と次女が大八車を曳き、長男が押して、一里離れた畑の端の涸れ井戸に辿り着いた。涸れ井戸の淵の石に大八車の荷台を載せると、全員で母親の遺体の手足を持って引き摺り、涸れ井戸に落とした。続いて父親の遺体も――ドサッと音がして、父親の遺体が母親の遺体の上に落ちたのが解った。

「父ちゃん！　母ちゃんを守ってくんつぇよォ……」

長女が泣きながら別れを告げた。長男は、声を押し殺して袖で涙を拭いた。

大声で泣きじゃくり始めた次女と三女の口を、長女と長男が背後から両手で塞いだ。肩を震わせ、声を潜めてくしゃくしゃになった次女と三女の顔は、涙に塗《まみ》れた。


三女を載せた大八車を村外れで捨てて、長女が三女を負ぶって家に帰った。菜種油の炎を灯し、藁《わら》や叺《かます》で床の血を拭った。子供達だけで身を寄せ合って、陰惨で不安な夜を過ごした。朝になると、村中が喧騒に包まれ、慌ただしく日本人の男が家に入ってきた。開拓団の世話係をしていた男だった。男に促されて、何も持たずに東を目指した。三歳の三女は、十一歳の長女が縄で負ぶった。

線路沿いに歩いて、停まっている列車を見つけると、貨車に潜り込んだ。芋が入った南京袋の中や豆が詰まった木箱の中に身を隠した。列車が動き始めると、振動と臭いで気分が悪くなり、胃液を吐いた。大都会のウラジオストック駅まで来ると、避難民で溢れ返っていた。ウラジオストックの雑踏の中で、食糧を探しに行った男と長姉とも逸《はぐ》れてしまい、三人だけで、駅から東へ向かう別の列車に潜り込んだ。

腹が減ると、途中駅の塵箱《ごみばこ》を漁ったり、長男が、止まった列車から飛び降りて、線路沿いの畑から玉蜀黍や大豆を盗んできた。鍋も無く、火も使えなかったので、生で齧った。三人とも下痢が続いた。ナホトカ駅で長男が露西亜兵の黒パンを盗もうとして捕まり、三人一緒に露西亜の憲兵隊に突き出された。

浮浪児としてウラジオストックの更生施設へ送られて、八年を過ごした。三人とも施設職員に反抗することもなく、畑仕事や掃除、洗濯や食事の用意、建物の修理、勉強をした。施設側では、新しく入ってくる子供達の、身の回りの世話や教育を手伝わせた。素直な態度が認められて、一ヶ月前帰国が許され、三人一緒にナホトカ収容所に送られていた。

私は言葉を失っていた。この子達には何の罪もない。なのに、何故このような辛く悲しい思いをしなければならなかったのか。戦争とは、こんなにも惨いものなのか……

「これを持って船倉へ行き、次の指示を待ちなさい。いつ食べても構わない」

そう言うと、机の下の食缶から握り飯を包んだ経木《きょうぎ》を、三人分、三つ渡した。三人ともにっこり微笑んで、握り飯を受け取った。

「あ、ちょっと待ちなさい」

長男が不安な顔をした。何か咎められると思ったのだろう。子供は二人で一つとか……

「これも持って行きなさい」

私は自分の分の握り飯を差し出した。長男は、瞬時にその意味を悟ったらしく、握り飯を受け取ると、深々とお辞儀をした。


過酷な強制労働も、生命の心配もない興安丸での待機時間は、至福の時間だった。握り飯が配られ、水も給水所で何杯でも飲むことができた。そして、もう二、三日で日本の土を踏むことができる。感激で言葉も出ない私は、これまでの収容所生活を振り返った。敗戦からの八年半は、あっという間だった。只々夢に描いていた帰国が目の前に迫っており、嬉しくて嬉しくて堪らなかった。

船が夕陽に照らされると、船内放送があり、夕飯の配給になった。夕飯には、何と赤飯に尾頭付きの鯛が配られ、成人男子には、アルマイトコップ一杯の清酒も付けられた。隣の帰還兵と乾杯をして、酒を飲んでいると、三人兄妹の長男がやって来て、「これも呑んでください」と言いながら、アルマイトコップの酒を私のコップに注いでくれた。何か上手いことを言って、未成年なのに酒を貰ったのだろう。あるいは、私に握り飯の恩返しがしたくて、どこかで酒を手に入れたのかもしれない。

死人の衣類を剥ぎ取り、遺品まで盗むような人もいれば、たった二個の握り飯を感謝して、何とか恩返しをしようとする少年がいる。戦争では、その人の人間性が如実に現れる。

その夜は停泊中の船内で、明日からのことを考えながら眠りに就いた。

昭和二十八年十一月二十九日、風もなく穏やかな朝、興安丸は氷を砕きながら出港した。

私達は甲板に集まり、ナホトカの山に向かって、シベリヤに散った戦友達に決別の黙禱を奉げた。同時に、ハバロフスク収容所第二十一分所で別れた俘虜仲間の、一刻も早い帰国が実現するように、周りの者達と協力を誓い合った。ラーゲリで共に頑張った仲間達の顔が浮かんで、一足先の帰国が申し訳なく、仲間のまだまだ続く苦難を思うと、涙が流れるのを抑えきれなかった。

日本海は晴天に恵まれ、興安丸は順調に航海を続けた。船酔いもなく、歓びに溢れながらも、これからの不安も入り混じった私達を乗せて、興安丸は舞鶴目指して南へ航行した。

二十六　入　港

十二月一日午前九時、興安丸は舞鶴港に入港した。

舞鶴港は、日本海ではあるものの、奥まった入り江にあり、波は静かだった。入り組んだ入り江のあちこちに小高い丘があって、突き出た桟橋が見えた。興安丸が湾内に停止すると、桟橋がざわめき、船上も手を振る引揚者でごった返した。次々と興安丸に横付けされる艀船《はしけぶね》に、揺れる縄梯子から乗り移った。疾走する艀船の飛沫で濡れながら、太い丸太で組まれた桟橋に着いた。

大勢の出迎えの人の波の中で、日の丸の小旗が打ち振られ、歓声とどよめきが起きて、私は何も考えられなくなっていた。出迎えの人も引揚者も、千切れんばかりに手を振って、興奮の坩堝《るつぼ》と化した。幟《のぼり》には大きな文字で「御苦労様でした」と書いてある。とうとう日本に帰ってきた。これが日本だ。私は日本の土を踏んでいる！

「お帰りなさい！」

「お帰りなさい！」

「御苦労様でした！」

「長い間御苦労様でした！」

「お帰りーッ！　お帰りーッ！」

方々から温かい歓迎の言葉をかけられて、打ち振られるたくさんの日の丸を見て、涙が止まらなかった。列の先頭を、遺骨の入った箱を白布に包んで首から下げた一団が歩いた。遺族も舞鶴の人達も、援護局の係官も、出迎えてくれた地方の人達もまた涙ぐんでいた。

「舞鶴引揚援護局《まいづるひきあげえんごきょく》」という腕章を付けた係官に先導されて、海岸から少し奥まった広大な引揚援護局に着いた。細長い校舎のような木造の建物が何棟もあって、出身県別に職員の方が手厚く迎えてくれた。

洋服のまま、頭からＤＤＴを噴霧してもらうと、白い割烹着を着た婦人会の人達から、ふかし芋とお茶の接待を受けた。その日は、引揚援護局の寮に泊まった。短時間だが、風呂にも入ることができて、何年振りかで気持ちのいい眠りに就いた。

翌十二月二日は、援護局の行列に並んで、引揚証明書と復員証明書の発行を受けた。援護局の廊下には、敗戦時からの行方不明者、尋ね人の写真がびっしりと貼られていた。もの凄い数だった。この日も援護局に泊まったのだが、温かい白い飯と味噌汁、煮魚がこんなにも旨いものだということを改めて実感した。本当に日本に帰ってきた気がした。

二十七　帰　郷

十二月三日午後、復員手続きが終わり、福島県復員世話係の方の温かい指示のもと、特別帰還列車で舞鶴停車場を出発した。夜、名古屋停車場前の宿泊所で一泊することになり、塩鮭と沢庵の付いた握り飯を受け取って、畳の部屋に入った。畳も布団も心地よかった。

翌朝、名古屋停車場を出発した。シベリヤの延々と続く変化のない風景に比べて、海や山や谷、あるいは田園や村や町、トンネル、鉄橋など次々に移り変わる風景が美しかった。ようやく祖国に帰ってきたという思いが強くなった。

各停車場で停車する度に、地元の婦人会の方々が湯茶の接待をしてくださり、昼には手の込んだ弁当が差し入れられて感激した。

東京の品川停車場に着いた時には、兄が迎えに来てくれた。抱き合って再会を喜んだ。自然に涙が出てくる。兄も泣いている。衆議院引揚特別委員長・山下女史も停車場に出迎えてくださり、温かいお言葉をいただいた。瀬川大隊長の奥様、お嬢様にもお会いすることができた。私が瀬川大隊長の副官的立場で、大変お世話になったこと、シベリヤで元気にしておられたことを伝え、お礼を申し上げた。仕事がある兄と別れて、品川停車場近くの簡易旅館に泊まった。温かい飯と風呂がありがたかった。

翌朝、上野で東北本線に乗り換えると、ひたすら北上した。午後七時、ついに私は夜の郡山停車場に着いた。ホームの電燈に照らされた列車を降りた瞬間、大声が乱れ飛んだ。

「お帰りなさーいッ！」

「御苦労様ーッ！」

「長いことご苦労様でしたーッ！」

驚きと恐縮で胸が一杯になった。明かりの中に父や母や弟妹、親戚の顔も見えたが、大勢の人で近付けなかった。停車場長に案内され、煌々と照らされた停車場前で帰還の挨拶をしたのだが、あまりの人の多さに、停車場事務室から持ち出された椅子の上に立たなければならなかった。軍隊上がりの大きな声で、一千名の聴衆を前に、夢中で挨拶した。

「去る昭和十七年三月十日、私はこの停車場でお見送りを受け、若松の連隊に入りました。敗戦まで三年半日本と満州で軍務を遂行し、敗戦後は八年半シベリヤに抑留されましたが、本日只今、郷里に帰ることができました！

本日はこのようにたくさんの皆様のお出迎えをいただくとは、夢にも思いませんでした。明日からは町民の一員として、皆様と一緒に歩ませていただく所存ですので、何卒宜しくお願いいたします！

ただ、ここでお願いしたいことがございます！

それは、私は幸運にも今回帰国することができましたが、シベリヤには未だ数千名以上の同胞が抑留されております。この人達が一日も早く帰国できますように、是非皆様のお力をお貸しください。酷寒の地で重労働を科せられている彼らの救出に、ご協力をお願いいたします。何卒、何卒、何卒宜しくお願いいたします！

本日はこの寒さの中、お出迎えをいただきまして、誠にありがとうございました！」

両親や兄弟や親戚と一緒に、出征前と変わらぬ夜の街の中を歩いて我が家に着いた。電燈に照らし出された玄関に立つと、欅《けやき》の木に彫られた表札が目に飛び込んできた。文字はすぐに滲んで見えなくなった。私はしばらく、寒さも忘れて立ち尽くしていた。涙が止まらなかった……

二十八　宴　会

——檜原湖は沸き立っていた。
あちこちに車座ができて、両手に徳利をぶら下げた男がやって来ては胡坐を掻《か》き、酒を注ぎながら話に加わった。空になって横にされた徳利が、窯元の失敗作のように何本も畳の上に転がっている。

身振り手振りを交えて大声で話す者がいれば、額を寄せ合ってひそひそと話す者がいた。歓声が上がり、仲居の嬌声が聞こえ、笑い声が響いた。泣き上戸は涙ぐみ、何度も何度も頷いていた男は、相手の肩を叩いて相槌を打った。

大声、小声、嗄《しゃが》れ声、濁声《だみごえ》、鼻声、涙声……男達は、一気にシベリヤの地に還っていた。二十七年前に、二十年前に、十六年前に、時空を超えて戻っていた。あの辛くひもじかった酷寒の地に。死の恐怖に怯え、絶望に苛まれ、苦痛から逃避することだけしか考えられなかったあの頃へ……

　これは現実なのだろうか。目の前にいる同胞は、本当にシベリヤで一緒に苦難を乗り切った仲間なのだろうか。自分は何故、ここにいるのだろう。死んでいった仲間と、自分は何が違っていたのだろう。帰国できないでいる仲間は、今頃、腹を空かしながら、堅い木の寝台で寒さに震えながら、今日も生き永らえたことを感謝しているのだろうか。疲労困憊の身体で、あのぞっとするような寒い便所に向かうのだろうか。夢に出てくる家族の顔は、まだその輪郭を保っているのだろうか。

　宴会客の中には、そのような深刻な思いから抜け出せない者もいた。あの忌まわしい記憶から解き放たれない者は、注がれるままに盃を空けるものの、酔いは廻ってこなかった。

　菊乃は、長角盆に空いた器を重ね、空になった徳利を載せ、残り少なくなった徳利があると、近くの客にお酌して空にした。灰皿を取り換え、中身が無くなった鍋の固形燃料を消して、膳の位置を直した。

　仲居が持つ盆に次々に空の器を載せると、入り口に置かれた盆から、天麩羅と天つゆを手早く配膳していった。調理場に向かう仲居に蕎麦とつゆを持ってくるように伝え、車座の間を神楽を舞うように摺足《すりあし》で移動した。

未だシベリヤの悪夢から逃れられない人も、すっかり日本人に戻れた人も、今夜は心ゆくまで楽しんで欲しい、と菊乃は思った。古田さんが来られなかったのは、つくづく残念だけれども、今の日本のこの平和は、戦争で命を落とした人や傷病人、未だ未帰還の兵隊さんやその家族の犠牲の上に成り立っているのだから。

調理場では、板前の野崎が蕎麦を茹でていた。グツグツと煮立った一尺五寸の打出し鍋の中に、シャッシャッと手刀を切るようにほぐしながら麺を入れる。切り口の立った細く白い蕎麦が、鍋底に沈んでいって沸騰が収まる。が、蕎麦は直ぐに浮いてきて、再び沸騰する。菜箸《さいばし》で軽くほぐし回す。力を入れると、十割蕎麦粉の蕎麦は、短く切れてしまう。蕎麦が鍋の中で躍り出す。強火を保つ。噴きこぼれそうになったら、火を弱める。差水《さしみず》をしてはならない。べたついた蕎麦になってしまう。

野崎が茹で上げ笊で蕎麦を掬って、誠の前の両手大鍋に移す。鍋には、水道の蛇口から手の切れそうな冷たい流水が、出しっ放しにしてある。誠は揉み洗いをして、蕎麦の粗熱《あらねつ》とぬめりを取る。

一本試しに喰ってみた。淡泊な味わい。野趣の香り。冷水で締めた分だけ、美味しく仕上がっている。盆笊に掬って、調理台に載せる。

手伝いの中年女性、米子《よねこ》と則子《のりこ》が蕎麦つゆを蕎麦猪口《そばちょこ》に入れ、薬味皿に薬味を盛っている。雪の下で保存しておいた太葱《ふとねぎ》の極薄《ごく》切りと、渓流から採ってきた野生の山葵《わさび》。

四人前が揃ったところで、米子が蕎麦の盆を持つと小走りに宴会場に向かった。則子が新しい盆を置く。蕎麦がくる。蕎麦猪口と薬味皿を添える。則子が盆を持って、調理場を出る。則子と入れ替わりに米子が空の盆を持って戻ってきた。盆を調理台の上に置いて、蕎麦猪口と薬味皿を準備する。誠が蕎麦の盆笊を置く。野崎は黙々と蕎麦を茹でる。

影膳の分も含めて、二十人分の蕎麦を茹で終えた。後は食後の羊羹を切って出すだけだ。お茶の用意は、宴会場に運んである。やれやれ、さすがに疲れた。

よーし、ひと休みしたら、後片付けだ。もう既に下げてきた食器が重ねられて、調理台の半分を占めている。その後にも、次々に空いた食器が運ばれてくることだろう。なーに、皆でやれば、二時間はかからないはずだ。帰り際に、五百円札が入った大入り袋を出そう。一生懸命働いてくれたお礼だ。明日の朝飯も、四時半には準備にかからなければならない。皆も大変だろうけれど、もうひと踏ん張りだ。俺も頑張るぞ。誠は点けっ放しになっているであろう客間の石油ストーブの点検に、二階へ向かった。踊り場の窓から外を見る。雪は止んで、更待《ふけまち》の青白い月が出ていた。

二十九　四人だけの戦友会

二時間前までの喧騒が嘘のように、静まり返った宴会場は冷え冷えとしていた。電燈が消され、四隅の石油ストーブが消され、誰もいなくなった檜原湖の間に、冴えた月の光が差し込んでいる。

最後の火の点検に来た誠は、灰皿が全て片付けられているのを確認し、雪見障子を閉めようと窓辺に寄った。障子を閉めておくと、朝の室温が二度は違う。沼側の四間分《よんけんぶん》、八枚の障子を閉め終えた時だった。人の気配に気付いて振り返ると、影膳があった場所に古田と、着古して破れた服を着た三人の若い男が座していた。驚いた。

「いやいや、これはこれは古田様！　てっきり今日はお見えにならないと思っていました。高畑様もそう仰ってましたが」

古田は、座したまま黙って頭《かぶり》を振った。心成しかやつれて見える。

「皆さん、大分前に宴会を終えられまして。毘沙門沼での二次会も終わったようですが」

誠の言葉に古田は静かに頷いて、掌《てのひら》で隣の若い男を促した。胡坐を掻いていた男は正座すると、両腿に手を置いて頭を下げた。坊主頭に襤褸《ぼろ》の軍服――襟には金の星が三つの階級章。演芸でもしたのだろうか。本物の兵隊のようだった。

古田に促されて、その隣の男も正座し直すと、誠に頭を下げて挨拶をした。やはり若い。肘や膝が擦り切れた粗末な軍服を着て、襟の階級章は金線一本に銀の星二つ。実物に見えた。この男も着古した軍服がよく身体に合っている。

最後の男も正座し直すと、頭を下げて誠に挨拶をした。三人の中では一番年配で、三十代半ばに見える。よれよれの袖が取れかかった協和服を着て、ぼさぼさの髪。生気のない顔色。死人のような化粧が、実に上手く施されていた。

誠は、古田と三人の男達が、飲み物も食べ物も何も手にしていないのが気になった。遅れて来たから遠慮したのだろうか。しかも、こんな火の気のないだだっ広く寒い宴会場で。月の光が差し込んでいるとはいえ、青い沼の底のような暗さの中で。

「これはとんだ失礼をしてしまいまして。いついらっしゃったのか、とんと気が付かなかったものですから。直ぐに酒と、何か肴を見繕ってお持ちしますので。ア、ここではなく、青沼の間に持って参ります。あの部屋ですと、ここよりずっと早く暖まりますので。風呂もまだ冷めてはいないはずですが」

誠は、古田達が風呂に入っている間に、青沼の部屋を暖め、酒と肴を用意しようと思った。肴は残り物で申し訳ないのだが、腹を空かして寝るよりはいいだろう。手伝いの者は皆帰ってしまって、明日の明け方にしか来ない。宴会の世話で大奮闘した菊乃も、さっき眠りに就いてしまった。しかし、四人分なら自分一人で何とかできるだろう。

「部屋割りは貼ってないのですが、青沼の間をお使いください。毘沙門沼から弁天沼までは、高畑様方がお使いになっていますので。お使いになっている部屋には、部屋割りが貼ってあります。皆様、もうお休みになったようですが」

古田達はゆっくり頷くと、静かに立ち上がった。古田を先頭に密《ひそ》やかに宴会場から出ていく。蕭々《しょうしょう》とした足取りは、重さを持たない者のようだ。見えない乗り物にでも乗ったかのように、無言で移動している。

かなりお疲れのようだ……誠は、早く酒と肴を用意して、青沼へ持って行こうと思った。

誠は、熱燗の二合徳利四本と盃四個、鯉の洗い、身欠き鰊と筍の煮物、公魚《わかさぎ》の唐揚げを一皿ずつ長角盆に載せて、青沼の襖を開けた。誰もいない。揃って風呂へ行ったのだろう。酒と肴を座卓に載せると、急いで石油ストーブを点ける。燃焼筒から炎が立ち昇ると、少し芯を下げて炎が燃焼筒からはみ出ないように小さくした。風呂から戻る頃には、ある程度暖まるだろう。

長角盆を持って調理場へ引き返し、飯櫃《めしびつ》と茶碗、お茶道具を盆に載せ、ポットとアルマイトの薬缶を持って二階へ向かう。二階の洗面所で薬缶に水を汲み、青沼へ入ると石油ストーブの上に載せた。徳利の酒が冷めたら、薬缶で燗をし直せばいい。

三度《みたび》下へ降りると、廊下北側にある三尺の押し入れから四組の敷布と枕覆いを出した。あ、そうだ。あれも持って行って、部屋に置いておこう。誠は、帳場の文机に置いてあった封筒を手に取ると、一気に階段を上がって青沼に入った。布団は各々《おのおの》で敷いてもらうしかない。座卓を片付けないと四組の布団は敷けなかった。

押し入れに敷布と枕覆いを仕舞い、封筒は座卓の上に置いた。『古田様へ』と宛名がある。誠が懸命に書いた『シベリヤ抑留記を読んで』という読書感想文だった。

三十　返　信

翌朝は晴れ渡った青空が広がり、雪原は太陽の光を反射してキラキラ輝いた。松の枝からさらさらと雪が零れ落ちる。毘沙門沼は細波を立てて、光の粒を撒き散らした。時々大きくなる光の乱反射が、風の通り道を示していた。鳶《とび》だろうか、鷹《たか》だろうか、羽ばたきもしないで大きな猛禽類が、白雲を背に上空をゆったりと旋回している。

戦友会の一行が、三々五々朝飯会場となった檜原湖に集まって来た。誰もが浴衣に丹前という同じ格好で、昔の階級は失せていた。それでもあえて、

「班長殿！　山村兵長、士官席での食事、御許可いただけますか？」

などと言いながら膳に着く者がいて、周りの者を笑わせた。

誠は、ほぼ全員が揃ったのを見ると、一番端の膳の高畑に近付いて耳打ちした。

「あの、古田様と若い三名の方は？」

「エ？」

「あの、昨夜遅く御出でになった古田様と若い方々ですが……」

高畑は怪訝そうな顔をして、誠の顔を見た。

「……古田はついこの間、亡くなりましたが……」

「エエーッ!?　そんなばかな！　そんなはずは！　現に!?」

朝飯の膳が、急遽追加した四人分だけ向こう端にあまっていた。

「……古田が一人でこちらにお邪魔した十日後、十二月五日でした。三日後の葬儀は郡山典礼で執り行われ、私も行って来ました。長く患っていた結核が悪化して、それまでも郡山の病院で入退院を繰り返し――」

誠は、檜原湖から飛び出すと、階段を駆け上がった。青沼に飛び込む。誰もいない。しかし、座卓の上の酒と肴はきれいに無くなっていた。使い終えた食器や盃、割り箸もきちんとまとめて揃えられている。

読書感想文の封筒は――残っていた。いや、それは誠が書いた読書感想文ではなかった。古ぼけた辞書の上の厚い封筒の宛名は、誠宛てだった。

『毘沙門荘支配人様へ』

「冠省。誠様。拙作『シベリヤ抑留記』を丁寧に読んでくださいまして、まことにありがとうございます。

不慣れな文章で、読み難《にく》い箇所も多々あったかと思います。事件や出来事はでき得る限り、再確認したつもりですが、如何せんメモを取ることもできない状況でした故、間違いもあったかと存じます。御容赦ください。

先の戦争の悲惨さは、つとに語られているものの、露西亜語通訳から見た抑留体験も何かしら意味を成すかもしれないと考えて、拙文を承知で上梓した次第です。

しかし、書いているうちに、段々亡くなった同胞、取り残された同胞への想いが強くなってきて、いつの間にか追悼記のようになってしまいました。それはそれでよかろうと考え直し、書き直すことはせず、ありのままの俘虜生活を綴りました。

それが誠様の心に届いたとすれば、著者としてこれ以上に嬉しいことはありません。

戦争体験の中でも特に、長い間苦労を共にした三人の戦友を失ったことは、忘れることのできない心の痛手でした。しかし、御宿に泊まりながら、五色沼の青沼で三人の声を聴くことができました。

信じてはいただけないかもしれませんが、青沼で三人に話しかけた時に、確かに三人から返事が返ってきたのです。永い間の気持ちのつかえが取れました。日本に帰国するまでに経験した、あるいは見聞きした陰惨な出来事が、浄化していくような感覚があります。

青沼で、私は三人に、もうすぐそっちに行くから待っててくれと伝えました。その思いは意外に早く叶えられ、誠様の御蔭で、昨夜四人だけの戦友会を開くことができました。

成島、坂口、丸川も日本の酒と食い物は、昭和二十年敗戦の年以来、二十七年振りだと申しておりました。三人とも懐かしさと感激のあまり､涙を流していました。泣きながら酒を呑み、地物のご馳走を喰っていました。くれぐれも支配人に厚く御礼《おんれい》を書いておいてくれと、言付《ことづ》かりました。

熱燗の清酒、ありがとうございました。会津の酒はキレもコクもあって旨いですね。鯉の洗いも脂がのっているのにコリコリしていて、歯ごたえのいい根曲《ねまが》り竹《だけ》も癖がなく、公魚は端麗で、冷たい湖の爽やかな味でした。ご馳走さまでした。

誠様のみならず、菊乃様にも以前一方ならぬお世話になり、胸が熱くなったのがつい昨日のことのようです。あの、天真爛漫なおおらかさ、包容力の大きさは、天性のものなのでしょうね。どうか、奥様を大事になすってください。

私の人生の締め括りは、五色沼を見て、青沼を見て、満足のいくものとなりました。自分の形見分けを自身でする、というのも可笑しな話ですが、私が勉強した和露辞書を受け取って頂ければ幸いです。支那語、英語、露西亜語を勉強したという先輩軍人が残した物です。憲兵出身のその先輩は、大正十五年に若くして亡くなったということです。

人が人として生きることを考えさせてくれた五色沼、青沼。面識もない人間を、快く迎え入れてくれた、毘沙門荘の支配人と女将さんに深く感謝申し上げます。草々」

誠は、手紙の下の辞書を手に取ってみた。『新編　和露辞典』と書かれた厚い辞書は、古色蒼然として重く、かなり傷んでいた。中身を見ても、露西亜語の文字は全く理解できない。辞書は擦り切れて捲れ上がった革の背表紙と、本体の中身が分離してしまっていた。余程使い込まれたらしく、表紙裏側に取り付けられた喉布《のどぬの》が、露わになっている。本体がバラバラになりそうな辞書の、裏表紙見返しを慎重に開いた。

購入者の名前が、時を経て薄くなった黒インキで書かれていた。掠れた文字を目を細めながら読んだ。

——大正九年十二月購入　永山勝利《ながやまかつとし》——

誠は、手紙と辞書を持ったまま部屋を見廻した。誰もいない。だが、冷え込んだ部屋の中で、床の間の前だけが温もっていた。確かに人の気配が漂っている。床の間を背にした陽炎が、横一列に並んで立っている。

「まだそこにいらっしゃるのですね？」

返事はなかったが、四人が微笑みながら、敬礼をしたような気がした。

「こんな宿でよろしかったら、またいつでもお越しください……」

見えない四人がお辞儀をした。古田の右手が上がった。三人は古田の右手を注視する。右手が振り下ろされた。

誠の耳の奥に、露西亜語の力強い男声が響いてきた。

――ラス　ツヴィターリ　ヤーブラニ　イ　グルーシ――

誠も知っている歌だった。露西亜民謡「カチューシャ」……

「……りんごの花ほころび」

――パ　プルィリ　トウマヌィ　ナド　リコイ――

「河面《かわも》にかすみたち」

――ヴィーハーギーラ　ナ　ベレク　カチューシャ――

「君なき里にも」

――ナーヴィソーキ　ベーレク　ナ　クルトーイ――

「春はしのびよりぬ……」

呟くように唄う誠の脳裏に、シベリヤの大河が浮かんできた。シベリヤに遅い春がやってきていて、林檎《りんご》の白い花が見渡す限り咲いている。対岸が見えない大河に、真っ白な霧が湧いている。巨大な石炭船の前を、スコップを担いだ日本人達が、亡霊のように歩いている。その列は、いつまでも途切れることなく続いている。大河を見下ろす丘の上からは、日本人の家族が大声で行進する男達を呼んでいる。男達は家族の声に顔を向けるものの､手を振ることはない。ただ、寂しそうな笑顔を見せるだけだ。

誠はシベリヤに行ってみたいと思った。帰国を果たせなかった同胞の墓の前で、平和になった、豊かになった、自由になった日本の様子を知らせてやりたいと思った。その死が無駄ではなかったと伝えたかった。今の日本は、今の日本は、貴方方の……

気が付くと、いつの間にか誠の頬を涙が伝っていた……

参考文献

「試練の八年間　シベリヤ抑留」古川　和夫　著

引　用

「旅の宿」　吉田　拓郎　作詞

「カチューシャ」　関　鑑子・丘　灯至夫　作詞

後書き

昭和三十一年、まだあちこちに雪が残る春に、私は両親と二歳年上の姉と一家揃って、静岡県沼津市から福島県耶麻郡猪苗代町に移住してきました。二歳の時でした。

猪苗代町といっても中心街ではなく、北塩原村に接する、山の神原、通称・川上という山深い地区です。当時の記憶は朧気で、どのような生活だったのかも定かではありませんが、近くに沼があったのは覚えています。沼のほとりを、山羊を連れたお爺さんが歩いていたのは映画の一シーンのようでした。川上はその当時、戸数三十数戸、人口百人余りだったと思います。

その後の記憶では、川上の掘っ立て小屋同然の小さな家は、縁の下を小川が流れていました。恐らく四歳位だった私が、腹這いになって縁の下に潜り、流れに顔をつけるようにして、透き通った川の水底から蜆を捕りました。米粒を撒いたようにたくさんの蜆が、深緑の貝殻から象牙色の舌を覗かせていました。それらを盆笊に載せて台所へ持って行き、砂を吐かせた後、味噌汁の具にするのです。

その他にも、川なずなや川海老、山女や岩魚や鮠や鮒、沢蟹、山菜、茸、筍、栗や胡桃、山葡萄、木苺、茱萸、薬草、熊の胆や脂や肉、兎の肉など実にいろいろな食糧や薬を、山や川や湖や沼からいただいて生活していました。

毘沙門沼を見下ろす小高い丘に、親戚が経営する旅館が建てられると、父はそこの初代支配人、母は女中頭として働きました。昭和三十三年当時は、その周囲にも小さな沼が多く点在し、沼で米を研ぐ母に付いていくと、直ぐ側まで鴨が寄ってきたりしました。

自動車が珍しい時代で、駅から離れると、乗り合いバスやトラックが交通の中心でした。そのような辺鄙な土地で幼少期を過ごした私は、その時期が不幸だと思ったことはありません。むしろ豊かな自然に抱かれて成長できたことが、何よりも私の精神的支えになったと思われるのです。

観光開発される前の、昔の五色沼を舞台に、戦争の惨さを書いてみたいと思って仕上げたのが、この作品です。多分に個人的な思い入れで書いたものですが、読んでくれた人が戦争や家族について、何かしら考えていただけたら幸いです。

発行に当たっては、歴史春秋社の植村圭子出版部長に、度重なる校正のみならず、事象、名称、統一性まで全般に渡って丁寧に指導していただきました。改めて厚く御礼申し上げます。ありがとうございました。

高見沢　功

著者略歴

高見沢　功（たかみざわ・いさお）

昭和29年（1954）
静岡県沼津市生まれ。２歳のとき福島県猪苗代町に移る

昭和47年（1972）
福島県立会津高等学校卒業

昭和51年（1976）
日本大学芸術学部映画学科監督コース卒業
東京のCM制作会社、三木鶏郎企画研究所・トリプロ入社

平成元年（1989）
猪苗代町にUターン。郡山市のCM制作会社・バウハウス入社

平成８年（1996）
『長女・涼子』で福島県文学賞小説部門・奨励賞

平成９年（1997）
『地方御家人《ぢかたごけにん》』で福島県文学賞小説部門・準賞

平成10年（1998）
『十字架《クルス》』で福島県文学賞小説部門・文学賞

平成16年（2004）
CM制作会社・有限会社アクト設立、代表に就任

平成22年度・23年度福島県文学賞小説部門・企画委員
平成24年度～令和元年度福島県文学賞小説部門・審査委員

著書に『十字架《クルス》』
『オンテンバール八重（小説版）』
『オンテンバール八重（コミック版原作）』
『白虎隊・青春群像　～白雲の空に浮かべる～』
『白虎隊物語　綺羅星のごとく（コミック版原作）』
『只見川』

五 色 沼

2020年３月16日　初版発行

著　者　高見沢　功

発行者　阿 部　隆 一

発行所　歴史春秋出版株式会社
〒965-0842　福島県会津若松市門田町中野大道東8-1
電話　0242-26-6567

印　刷　北日本印刷株式会社

製　本　有限会社羽賀製本所